여자라면
심플하게

집 정리
사람 정리
마음 정리

시공사

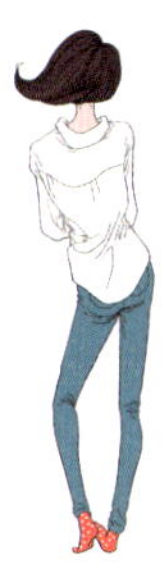

여자라면 심플하게

파트리치아 구치 지음

김현주 옮김

시공사

차 례

내 일상은 매일 정신없이 분주하다. 직장에서 업무를 마치고 돌아와도 온갖 할 일들이 나를 기다리고 있다. 장도 봐야 하고, 세탁소에 맡긴 세탁물도 찾아와야 하고, 병원에 들러 처방전도 받아와야 하고, 차에는 치워야 할 물건들이 산더미처럼 쌓여 있고…….

저녁 늦게 녹초가 돼서야 집에 도착한다. 그러던 어느 날, 어김없이 바쁜 하루를 보낸 후 친한 친구들과 이야기를 하다가 저녁에 있는 친구의 생일 파티에 가겠다고 약속을 했다. 후다닥 집에 들러 간단히 외출 준비를 하고 다시 나가 밤 11시 반이 조금 안 돼서 귀가했다. 그날 즐거운 시간을 보냈고 기분도 좋았지만, 집으로 돌아와 현관문을 열고 들어선 순간 맥이 풀리고 말았다. 집 안을 둘러보니 사방이 그야말로 난장판이었다. 현관 앞에는 여기저기 열쇠들이 널브러져 있고, 메모지와 해야 할 일들을 적어 놓은 종이 쪼가리와 계속 잊어버리고 열어 보지도 못한 우편물들이 쌓여 있었다.

옷장이 있는 방은 토네이도가 한차례 휩쓸고 간 것 같았다. 신발은 산더미처럼 쌓여 있었고 의자에는 옷가지들이 아무렇게나 걸쳐져 있을 뿐 아니라 벨트도 몇 개나 나뒹굴고 있었다. 부엌 싱크대에는 아침 식사를 하고 난 설거지거리가 가득이고, 목욕탕도 나을 것이 없었다. 욕조와 세탁기 위에는 내던진 수건들이 쌓여 있었다. 전쟁이라도 난 것 같은 풍경이었다.

외출했던 옷을 벗고 잠옷으로 갈아입은 다음 얼굴에 크림을 바르는 중에 무슨 버튼을 누른 것처럼 몸과 마음이 번뜩했다. 나는 두 손으로 머리카락을 움켜쥐고 혼잣말을 중얼거렸다. "집을 정리해야겠어. 생활 방식을 바꿔야 해. 계속 이런 식으로 살 수는 없다고!" 그때부터 나는 천천히 모든 것을 제자리에 갖다 놓고 청소기까지 돌렸다. 하지만 특별한 기준도 없이 정리를 하다 보니 분명 다시 집 안 꼴이 엉망이 될 것 같은 예감에 사로잡혔다. 청소를 어느 정도 끝내 놓고 시계를 보니 새벽 한 시가 훌쩍 넘어 있었다. 몸이 노곤해서 잠을 자야 했다. 하지만 잠을 청하기도 힘들 정도여서 긴장부터 풀어야 할 것 같았다.

그날 밤 나는 주말 내로 집을 정리할 계획을 꼼꼼하게 세우고 생활 패턴을 바꾸리라 다짐했다. 그리고 주말이 되자마자 거실 구석 편한 소파에 자리를 잡고 예쁜 장 스탠드도 하나 가져오고, 종이와 연필을 붙잡고 집 정리 계획을 써 내려가기 시작했다. 방마다 어떻게 정리할 것인지를 정하고 다시 정리하고 싶은 것들을 모두 적으면서, 집이 내게 효율적인 공간이 될 수 있도록 계획을 세웠다. 거실과 주방, 장롱, 욕실까지 하나도 빼놓지 않았다.

계획을 세우는 동안, 몇 년 전에 내가 쓴 간소한 삶에 관한 책을 다시 읽기 시작했다(항상 그렇지만 시간이 지나면 예전에 생각해 둔 것들을 다 잊어버리고 똑같은 실수를 반복한다). 그 책에서 내가 썼던 정보들을 다시 공부하고 깊이 생각해 보는 시간을 가졌다.

"집은 마음이 담긴 곳이다."

고대의 소설가 가이오 플리니오 세콘도Gaio Plinio Secondo는 이렇게 말했다. 이는 집이 우리의 개성을 나타내는 상징물이자 둥지이며, 우리가 은신할 곳이고 또 우리를 편안하게 해 주는 장소라는 것을 의미한다. 집에 애정을 쏟아야 하는 이유가 바로 그것이다. 또 집은 애정을 쏟으면 쏟을수록 우리를 변화시키고, 평안과 질서를 선물한다. 이것이 바로 이제부터 따르기 시작해야 하는 생활 철학이다. 이 철학을 바탕으로 모든 것을 간소화하려 노력하고 불필요한 것들로부터 벗어나 정말 필요한 것은 어떤 것인지 인식해야 보금자리에서 좀 더 행복하게 살아갈 수 있다. 우리에게 가장 필요한 것 중 하나가 시간이다. 그러니 시간을 낭비하면 안 된다. 집이 잘 정돈되고 정리되면 생활이 윤택해지고, 가뿐한 느낌이 든다. 집을 꾸밀 때 가져야 할 가장 중요한 마음가짐이 바로 이것이다.

한 가지 더, 우리 시대의 철학자라 할 수 있는 스티브 잡스 Steve Jobs가 한 말을 기억하자. "다른 사람들의 잡다한 의견 때문에 우리 내면의 목소리가 잦아들지 않게 하라."

'현대 여성'들과 수년 동안 내 영감의 원천이 되어 준 모든 여성 독자들께 감사를 전하며, 정성을 담아 이 책을 그분들께 바친다.

우리 집을
특별한
공간으로
만들기

살림이
너무 많이
들어차는 집

요즘 어떤 인테리어들이 유행하는지 아세요? 깨끗하고, 되도록 하얗고, 광택이 나고 살기 편한 공간이 대세죠. 그리고 사회적 위치가 높아질수록 더 많이 '치워 버리는' 것도 보셨죠? 상류층 사람들의 집은 실제로 규모가 커서 그렇기도 하지만, 대부분 고급 가구 몇 가지만 놓여 있고 거의 비어 있어서 잘 정돈되고 정리된 인상을 줘요. 요즘은 이런 '단순화'라는 개념이 진정한 인테리어 철학이 됐어요.

고급 레스토랑에서도 플레이팅을 아주 절제해서 손님 앞에 놓인 접시 자체가 하나의 눈부신 예술 작품처럼 표현되죠. 음식의 양도 줄어들고, 어떤 때는 정말 맛만 볼 수 있는 정도로 나오는 경우도 있어요. 또 많은 여성들이 몸매 유지를 위해 조금만 먹으려 하기도 하고요. 덜어내고, 없애고, 줄이는 것이 이제는 아름다움을 위한 선택이 된 거죠. 전 이렇게 단순화하려는 사고방식이 편하게 느껴져요. 그래서 예를 들면, 프란체스코 수도원 스타일의 침실을 선호해요. 침대 하나, 의자 하나, 탁자 하나, 협탁 하나, 작지만 멋스러운 카펫 한 장, 그리고 침대 머리맡에 성화 한 점 정도만 놓는 거죠.

여러분이 기억하셔야 할 게 있어요. 바로 우리들의 집에는 물건이 너무 많이 들어차 있다는 거예요. 저는 매주 서랍이나 장롱, 진열장, 다락방, 창고를 비우는 법에 대해 조언을 하러 다니거든요. 이번에는 제가 여러분의 관심을 가구에 집중시켜 볼 거예요. 지금 여러분의 집에는 소파와 안락의자부터 크고 작은 탁자, 의자, 쿠션, 그릇장, 다용도장, 장롱, 선반이 작은 방에까지 꽉꽉 채워져 있을 거예요. 우리는 그 가구들이 정말 필요한지 생각해 봐야 해요.

물론 갖고 있는 식기가 5인조에서 12인조 정도 된다면 그릇장 하나로는 충분하지 않겠죠. 그러니까 항상 가구의 내부부터 시작해서 외부를 정리하도록 순서를 정해야 해요. 보관할 살림살이들을 간소화해야만 가구 역시 정리할 수 있을지 없을지를 결정할 수 있어요. 하지만 이렇게 간소화하는 것도 현대적인 유행이 개인의 취향에 맞아야 하겠죠.

요즘은 온갖 잡동사니가 가득한 집이 예뻐 보이지 않아요. 전쟁이 끝난 직후라면 또 모르죠. 그 시절에는 오랫동안 궁핍하게 살아온 터라 방마다 온갖 세간을 가득 채워 놓으면 잘사는 집이라고 생각했기 때문에 그럴 만도 했어요. 하지만 솔직히 요즘같이 부족한 것 하나 없는 시대에는 오히려 차고 넘쳐 불필요한 것들을 없애는 것이 제일 큰 문제죠.

그러니 여러분도 거실에 소파가 두 개 있다면 하나는 치우고, 안락의자도 네 개나 자리를 차지하고 있으면 두 개는 과감히 정리하세요. 티테이블도 세 개나 있다면 하나는 없애고, 벽에 걸린 액자들도 다 떼어 버리세요. 그리고 여러분이 제일 좋아하는 그림 하나만 골라서 거는 거예요. 그런 식으로 나머지 집 안 구석구석을 계속 정리해 보세요. 현관문이 열렸을 때 가장 먼저 환한 조명과 함께 정돈되고 깔끔한 인상을 주면, 특별한 소품들이 더 도드라져 보일 거예요. 예를 들어, 꽃이 한 다발 놓여 있으면 훨씬 더 아름다워 보이겠죠.

흉측한
카펫들
치우기

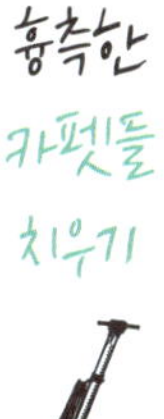

사실 시간이 지날수록 점점 더 멋스러워지는 골동품 카펫들이 있기는 해요. 예를 들면, 페르시아산 카펫 같은 것들은 씨실과 날실이 불규칙하게 짜여 있어 훌륭한 질감을 자랑하는 진정한 예술 작품의 가치를 지니고 있잖아요. 그런 카펫을 치워 버리라는 건 아니니까 당황하지 마세요. 그런 것 말고 다른 것들을 치우세요.

여러분의 집에 깔린 카펫이 몇 개나 되는지 헤아려 볼까요? 먼저 주방 싱크대 아래에 작은 게 하나 있을 거고, 식탁 밑에 깔아둔 집도 있을 거예요. 거실 한가운데에도 큼지막한 것이 한 장 깔려 있고, 목욕탕 앞에도 있을 거고, 샤워부스 앞에 깔아두는 경우도 있어요. 침실에도 있죠. 침대 양쪽 옆에 발을 딛는 곳에도 한 장씩 총 두 장이 있고, 아이들 방에도 유아용 매트를 깔아두잖아요. 그 카펫들 때문에 하던 고생은 이제 끝내자고요. 이제까지 여름에 기온이 올라가면 카펫 때문에 더 더워져서 전부 모아다가 세탁을 하고 둘둘 말아 치우느라 정말 힘드셨죠? 그리고 다시 사용하려고 펼쳐 보면 왜 그렇게도 먼지가 많이 붙어 있는지! 그냥 보관만 했는데도 그렇더라고요. 게다가 적어도 사흘에 한 번은 두들겨서 먼지를 털어 내는 것도 엄청난 스트레스잖아요!

정말 꼭 필요한 것만 남기고 간편하게 살도록 노력해 봐요. 샤워부스에서 나올 때 밟는 매트는 굵은 모들이 올라와 있고 가끔 물에 젖기도 하고 얼룩이 생기는 것도 볼 수 있어요. 이 매트도 꼭 필요한 건 아니에요. 거실 카펫도 정리해 버릴 수 있어요. 저도 아주 멋진 터키산 카펫을 하나 가지고 있는데, 솔직히 말하면 그것만 깔면 더 후덥지근해져요. 결국 전 그 카펫을 치워 버렸죠. 그랬더니 집 안 분위기도 과하다는 느낌이 없어졌고 제가 할 일도 줄어들더군요.

침대 양 옆 발치에 둔 매트는 그대로 둬도 좋지만, 아이들 방의 놀이용 매트는 제발 치우세요. 그 매트는 청소하기가 너무 힘들어요. 아이들을 바닥에서 놀게 하고 싶은데 너무 차갑다 싶으면 차라리 나중에 세탁하기 쉬운 모직 담요 같은 것을 깔아 주는 것이 나아요. 식탁 아래에 깔린 카펫도 솔직히 말하면 잘못된 거예요. 음식 부스러기에 기름얼룩, 거기에다 무거운 식탁까지 올라가 있어서 식탁 아래 카펫은 치웠다 깔았다 하기도 쉽지 않죠. 기껏해야 청소기로 밀기만 할 뿐, 걷어서 두들겨 먼지를 터는 일은 거의 없어요. 있다고 해도 아주 가끔이고요. 이제 식탁 아래 카펫은 버리세요. 그러면 그 카펫에 붙어 있는 진드기와 먼지, 더러움에 대한 걱정을 한 번에 벗어 버릴 수 있어요!

공간을 위한 간단한 팁

봄이 오기 시작하면 거실의 '실내 온도를 높이는' 카펫을 치워야 해요. 하지만 문제가 하나 생길 수 있어요. 바로 걷어 낸 카펫을 몇 개월 동안 어떻게 보관하느냐 하는 것이죠. 이렇게 한번 해 보세요. 먼저 카펫을 잘 두들겨서 먼지를 제거하고 물과 암모니아로 깨끗이 세척하세요. 카펫을 완전히 건조시킨 후에 돌돌 말아서 신문지로 감싸세요. 그리고 장롱 위나 아래에 보이지 않도록 수납하면 간단하죠.

사실 그림 그리는 것을 정말 좋아하고 최근에는 점점 더 큰 그림을 그리고 있는 제가 이런 말을 하면 안 될 것 같기는 해요. 하지만 이제 저는 온갖 물건들이 가득 들어차 있어 숨이 막힐 것 같은 집에 대한 반감이 생겼어요. 특히 벽에 수채화부터 유화, 아크릴화, 초상화, 풍경화, 정물화 같은 것들이 다닥다닥 붙어 있는 게 너무 보기 싫더라고요.

액자가 몇 개 걸려 있으면 이탈리아 레스토랑 같은 분위기가 나기는 하죠. 하지만 여러분 집의 거실이 미술품 전시장은 아니잖아요! 그런데 요즘 우리는 점점 더 큰 공허함에 시달리고 있고, 그런 정서적 상태와는 반대로 아무것도 없는 하얗고 깨끗한 벽을 보면 뭔가 어색하고 불안정하다는 느낌을 받곤 하죠. 그래서 유리 안에 무엇이든 끼워서 벽에 걸려고 해요. 아이들 스키 캠프 수료증부터 초등학교 때 그린 그림들, 작가가 된 친구의 명함, 가족사진들까지 전부 벽에 걸어요. 그렇게 이것저것 다 갖다 붙여 벽 자체를 기괴한 모자이크처럼 만들어 버리기 십상인데, 이런 벽은 어쩌면 안정감을 줄 수도 있겠지만 비꼬기 좋아하는 친구들에게는 어이없다는 미소를 짓게 만들 수 있어요.

그러니 여름이 다가오면 날을 잡아 벽에 걸린 것들을 다 떼어 버리고, 사방 벽에 남은 액자 얼룩까지 말끔하게 페인트칠하거나 정리하세요. 새로 페인트칠만 해도 집이 금방 상쾌해지고 전보다 훨씬 더 넓어 보이기까지 할 거예요. 액자는 여러분이 정말 애착이 가는 것으로 몇 개만 남기고, 그 밖에 나머지는 쓸데없는 것은 아닌지 진지하게 생각해 보세요. 눈물 흘리는 피에로도, 노을 지는 풍경도, 폭풍우가 몰아치는 바다도, 가로세로로 줄줄이 연결되어 있어 어떤 때는 두통을 부르기도 하는 퍼즐도 다 치우세요. 이제 깔끔하고 정갈한 공간을 활용해 보자고요. 빈틈없이 단정한 집은 우리 마음을 밝게 해 줄 거예요. 여러분의 기분도 훨씬 더 상쾌하고 즐거워질 거고요.

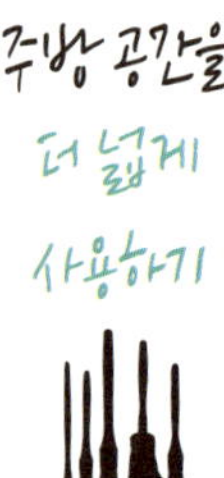

주방은 가족들이 집에 있을 때 오랜 시간을 보내는 장소 중 하나죠. 주방에는 잡다한 물건부터 조리도구, 식기, 식재료가 가득하고, 때로는 물건들이 너무 많아서 폭발할 지경일 거예요. 주방을 정리하는 건 우리 여자들의 생활을 개선하는 첫걸음이라고 할 수 있어요.

일단 정말 가끔씩만 사용하는 오래된 가전제품같이 작은 것부터 쓸어버리기 시작해요. 예를 들면, 토스터기 같은 것 말이에요. 토스터기는 생긴 것도 동글동글하게 귀엽고 색상도 레몬 색이나 하늘색, 청록색, 크림 색이라 보기에는 참 예쁘죠. 하지만 지금쯤이면 누렇게 변색되고 식빵이 다 구워지면 금속이 부딪히는 둔탁한 소리를 내면서 힘들게 내뱉을 거예요. 토스터기는 아침에 버터를 바른 식빵에 잼을 발라 먹는 간단한 요리가 우아해 보이던 시절의 전유물이었죠. 그때는 소형 가전제품들이 소형 로봇처럼 생활을 더 쉽고 편하게 해 주는 것처럼 보였어요.

그 시절 이야기를 하다 보니 미국 가정의 주방 모습이 떠오르네요. 반짝반짝 윤이 나는 싱크대와 문이 열릴 때 '탁' 소리를 내는 손잡이가 달리고 모서리가 부드럽게 다듬어진 대형 냉장고, 작업대에는 토스터기부터 주서기, 믹서, 푸드 프로세서가 나란히 놓여 있는 주방 말이에요. 그 시절 미국 주방의 창에는 흰색과 붉은색 체크무늬의 깔끔한 커튼이 걸려 있었죠. 하지만 이제는 주방도 바뀌었어요. 현대 주택의 공간 경제학에서는 식사까지 겸할 수 있는 탁자가 집의 중심에 놓인 거주지가 명품 주택이 됐어요.

요즘은 작은 조리대와 보조 주방, 그리고 작은 창고로 주방이 구성되어 있는 집을 많이 보게 되는데요. 솔직히 남는 공간은 거의 없을 거예요! 냄비와 프라이팬 몇 개와 식사 때 사용할 접시와 컵, 테이블웨어, 용도에 맞는 칼 몇 가지, 그리고 설탕과 소금 저장 용기는 없으면 안 되겠죠. 거기에 몇 가지만 더 남기고 정리하세요.

빵은 오븐에서도 잘 구워지고, 과일주스는 손힘으로도 어렵지 않게 만들 수 있어요. 그리고 푸딩이나 마요네즈 만들 때 손으로 계란을 젓는 것도 운동 되고 좋잖아요. 홈메이드 과일주스요? 어느 슈퍼마켓이든 유기농에서 비유기농까지 아주 맛있는 주스들이 준비되어 있어요. 그러니 이 작은 로봇들은 다 싸서 치우고 자유로워지자고요. 일부 지역에서는 대형 폐기물이나 낡은 가전제품을 수거해 따로 폐기하는 곳을 마련해 두고 있어요. 하지만 일단 버리기 전에 집 주변에서 믿을 만한 전자제품 상점에 연락해 보세요. 아마 가전제품을 저렴한 가격에 수거해서 재활용하는 곳이 있을 거예요.

 ### 시간을 절약하는 간단한 팁

장을 보고 돌아오면 또 한 번 수고를 해야 하죠. 바로 구입한 물건들을 제자리에 정리하는 거예요. 하지만 제가 하는 방법을 따라 하면 시간을 절약할 수 있어요. 슈퍼마켓에서 계산을 끝낸 물건들을 뒤죽박죽 섞지 말고, 보관할 장소에 따라 구분해서 장바구니에 나눠 담는 거예요. 예를 들어, 냉장고로 들어갈 과일들을 한 장바구니에 담는 거죠. 같은 방법으로 각종 식자재와 세제들을 구분해서 담아 보세요. 그러면 집에 돌아와서 장 본 것들을 순식간에 정리할 수 있답니다.

욕실을
멋진 스파로
변신시키기

저는 집에서 가장 인테리어가 잘 되어 있고 휴식을 취하는 데 필요한 것이 모두 갖춰진 안락한 공간이 욕실이어야 한다고 생각해요. 주변 친구들도 대부분 저와 같은 생각이더라고요. 간혹 정리하기가 더 쉽기 때문에 크기가 작은 욕실을 선호하는 분도 있죠. 반대로 수압 마사지 기능이 있는 욕조를 설치하거나 실내용 자전거를 두고 샤워 전에 간단한 운동까지 할 수 있도록 공간이 넉넉한 집을 찾는 분도 있고요.

저희 집은 욕실이 그렇게 넓지는 않지만 제가 인테리어를 바꾸고 설비들도 이것저것 골라 넣었어요. 사실 꼭 욕실의 규모가 커야 우아한 분위기를 연출할 수 있는 것은 아니에요. 약간의 감각과 본인의 취향이 가미되면 멋진 욕실이 탄생할 수 있어요. 예를 들어, 벼룩시장에서 발견한 앤티크 거울과(수납장 문에 붙어 있거나 조명이 내장되어 있는 일반적인 거울 말고요) 예쁜 스탠드를 놓는 것만으로도 분위기가 확 달라지고, 스펀지 재질의 깔개 대신 페르시아산 카펫을 깔아 보는 것도 괜찮아요. 그러려면 일단 욕실의 기능성에 대해 지나친 선입견을 갖지 않는 것이 중요하겠죠. 어쨌든 제가 세련된 인테리어에 실용성을 겸비할 수 있는 몇 가지 팁을 알려 드릴게요.

먼저 위생적인 면을 생각해야죠. 욕실 설비는 견고하고 현대적인 디자인을 선택해야 해요. 저는 색상을 이용해서 욕실 분위기를 따뜻하게 만드는 것을 선호해요. 밝은 초록색도 좋고 크림 색도 좋더라고요. 욕실의 소품은(창문용 커튼과 샤워 커튼, 작은 장식품, 카펫 등) 욕실의 기본적인 분위기에 맞춰야 하고요.

욕실 코팅은 어떻게 할까요? 저는 개인적으로 타일보다는 벽에 유화를 그리는 게 낫더라고요. 도자기 재질의 타일이 아니어도 발수 페인트를 사용하면 물로 세척이 가능하고, 욕실 분위기를 한층 포근하게 해 준답니다. 그리고 물이 잘 닿지 않는 윗부분은 스텐실로 자수 문양을 넣을 수도 있을 거예요.

이번에는 욕실 가구에 대해 이야기해 볼게요. 저는 선반이 몇 개 있기는 하지만 여기저기 돌아다니는 신문을 정리하려고 잡지꽂이도 하나 놨어요. 그리고 얼굴에 팩을 할 때 발을 올리고 최대한 편안하게 휴식을 취하고 싶어서 1인용 의자와 그 앞에 라탄 소재로 된 발받침도 갖다 놨답니다.

그 밖에 특별한 것은 무엇이 있을까요? 저는 벼룩시장에서 대리석 상판의 오래된 화장대와 도자기 재질의 세면기, 그리고 우아한 항아리 하나를 구입했어요. 항아리는 향수와 비누, 목욕용 소금을 넣어 두는 용도로 사용하고 있죠. 그 밖에 크리스털이나 대나무 소재의 작은 탁자를 하나 두는 것도 좋을 것 같아요.

욕실에는 패브릭 제품들이 필요하죠. 수건과 목욕 가운, 슬리퍼 같은 것에는 돈을 아끼지 않는 편이에요. 자수로 이름의 이니셜이 새겨진 수건이나 할머니가 손수 만드신 수건같이 부드러운 패브릭 제품은 욕실을 훨씬 우아하게 만든답니다.

 밋밋하게 빈 벽을
그대로 두지 마세요. 예를 들어, 욕실 벽에도 꽃그림 같은 것
을 걸어 두면 분위기도 부드러워지고 장식도 된답니다.

 욕조에 몸을 담그고 피로를 풀 때, 음악도
잔잔하게 틀어 놓고 양초를 몇 개 켜 두면 정말 환상적인 분
위기를 연출할 수 있어요.

 욕실 공간이 충분해
야 가능하기는 하지만, 욕실 한쪽 구석에 매트를 깔고 바닥
에서 스트레칭을 하거나, 실내용 자전거처럼 공간을 그렇게
많이 차지하지 않는 운동 기구를 두면 욕실이 전천후 공간이
될 수 있어요.

이렇게 몇 가지 팁만 활용해도 욕실 분위기가 바뀌고 한결
매력적인 공간이 될 거예요. 여러분이 혼자 살지 않는다면,
다른 가족들이 욕실을 계속 차지하고 있어서 골치 아파질지
도 몰라요!

⏰ 시간을 절약하는 간단한 팁

욕실에 약장을 두는 분들이 계시죠? 이제 그 약장을 제대로 정리할 때가 됐어요. 그런데 어떻게 정리를 하면 될까요? 전 이렇게 했어요. 맨 앞줄에는 화상 연고, 소독약, 일회용 밴드, 거즈를 넣어 뒀어요. 그러면 화상을 입거나 벨 경우(이런 상처는 자주 입잖아요) 얼른 약을 사용할 수 있잖아요. 아스피린이나 해열제, 진통제는 그 뒷줄에 놓고요. 그리고 가끔 떨어진 약이 있는지 살펴봐요. 떨어졌으면 곧바로 사서 채워 놓아야 해요.

베란다나 발코니가 집 안에 공간의 여유가 없어 쫓겨난 물건들을 쌓아 두는 잡동사니 소굴이 되었다면, 여러분의 손길이 닿아야 할 때가 되었어요. 집에 탁 트인 공간이 있다는 건 큰 행운이에요. 아무리 작더라도 그런 공간에서 건강하게 휴식을 취하면 몸이 좋아지는 기분이 드니까요.

전 예전부터 제라늄에 물을 주고, 마른 잎을 치우기도 하고, 또 작은 삽으로 화분의 흙을 고르면서 하루를 시작하면 분명히 좋은 기분으로 하루를 보낼 수 있을 거라고 생각했어요. 그러니까 베란다와 발코니가 정리정돈이 잘 되어 있고 아늑하다면 날씨 좋은 계절에 그곳에서 되도록 오랜 시간을 보낼 수 있겠죠. 그래서 제가 하절기에 베란다를 정리하는 방법을 몇 가지 알려 드릴까 해요.

베란다를 청소하세요. 제일 먼저 할 일은 베란다와 상관없는 물건들을 전부 치워 버리는 거예요.

베란다를 수리하세요. 집이 오래되면 베란다와 발코니에 대부분 물이 스며들기 시작하거나 회벽이 뜨기 마련이랍니다. 아파트와 같은 공동주택일 경우, 베란다를 리모델링할 때 허가를 받아야 할 수도 있어요. 아파트 관리인에게 문의하면 필요한 관련 정보를 알려 줄 거예요.

필요한 것들을 설치하세요. 일단 수리가 끝났으면, 베란다와 발코니에 식물과 꽃을 갖다 놓으세요. 저한테 아주 유용했던 책이 두 권 있어서 여러분께도 추천해 드릴게요. 하나는 마리오 비에티Mario Vietti가 쓴 『펜션 같은 테라스와 정원을 계획하고 만들기Progettazione e realizzazione di terrazzi e giardini pensili』인데, 일반 가정집 베란다를 가꾸는 데 유용한 정보들이 많이 담겨 있어요. 피파 그린우드Pippa Greenwood의 『완벽한 정원Il giardino perfetto』도 꼭 보셨으면 좋겠어요. 원예 전문가인 저자가 정원과 베란다를 가꿀 수 있는 방법을 상세하게 설명하고 있어서 집 안 구석구석에 실내 정원을 만드는 걸 도와줄 거예요.

 세이지, 로즈마리, 바질, 민트 같은 것을 심으세요. 이렇게 간단한 것들로 허브 정원도 가질 수 있고, 닭 요리를 할 때 베란다로 나가기만 하면 향신료를 구할 수 있어서 아주 편할 거예요. 꽃을 좋아하신다고요? 그럼 여러분의 베란다를 알록달록하고 꽃향기 가득한 오아시스로 만들면 되죠. 바깥에서도 여러분의 베란다가 보인다면 지나가는 사람들에게도 좋은 기분을 선물할 수 있을 거고요. 오래 피어 있는 꽃을 선택하시면 만족감이 더 클 거예요.

 얼마 안 되는 크기라도 쿠션 하나와 라탄 의자 하나 놓을 자리만 있으면 돼요. 의자를 놓고도 어느 정도 공간이 남는다면 작은 철제 테이블도 하나 놓으세요. 그럼 아침 식사 정도는 야외에서 즐기는 기분을 느낄 수 있을 거예요. 베란다나 발코니가 있는 집에서 산다면 최대한 활용하는 게 좋겠죠!

공간을 위한 간단한 팁

저는 오래전부터 차를 좋아해서 집에 트와이닝Twinings 홍차 회사의 틴케이스
가 아주 많아요. 버리기는 아까워서 재활용을 해야겠다고 생각했죠. 그래
서 창틀 같은 주방 한쪽 구석을 활용해서 작은 뜰을 만들어 보기로 했어요. 먼
저 틴케이스에 민트와 파슬리, 시트로넬라, 바질, 세이지같이 다양한 허브
식물들을 많이 심었어요. 약간의 흙을 준비하고, 틴케이스 밑바닥에 작은 구
멍만 몇 개 뚫으면 훌륭한 화분을 만들 수 있거든요. 그랬더니 요리를 할 때
신선한 허브 잎들을 이용한 요리법을 개발하는 재미도 꽤 크더라고요.

협탁 위가 너무 복잡해요!

집에 잡동사니가 너무 많이 쌓이지 않게 하려면 작은 가구들에도 신경을 써야 해요. 제 경우 얼마 전에 무심코 협탁을 쳐다보게 됐어요. 하지만 한참을 바라보다가 당황스러워서 시선을 얼른 돌려야 했죠. 몇 뼘 되지도 않는 그 좁은 협탁 위에 책이며 이런저런 약들, 스탠드, 휴지, 물컵, 자명종, 라디오, 사진 액자, 마른 꽃다발까지 올려져 있더라고요. 협탁 서랍을 열어 보니 정말 예전에 산 신발 두 켤레에 이제는 사용하지 않는 자동응답기, 오래전부터 그 속에 버려 둔 신발 깔창 여러 개, 친구들한테 받은 번쩍거리는 포장지에 싸인 상자, 그리고 브러시 두 개까지 엉망진창으로 뒤섞여 있었어요. 생각해 보니 언제부터였는지 기억도 나지 않을 만큼 오랫동안 협탁을 열어 보지 않았더라고요.

먼저 저는 그 속의 물건들을 다 없앴어요. 말 그대로 아무 계획 없이 일단 비우기부터 한 거예요. 정원으로 가지고 나가서 문을 활짝 열어 놓고 환기도 시켜서 다시 원래 있던 자리에 놨죠. 그때부터 협탁 위에 무엇을 올려둘까 고민하기 시작했어요. 스탠드는 확실히 하나 있어야 할 것 같았어요. 자명종도 필요하고요. 읽던 책 정도는 올려놔도 괜찮겠죠. 딱 그렇게만 놓기로 했어요.

전에 협탁 위에 놓여 있던 약들은 욕실의 비상약 전용 선반으로 가서 자리를 잡았어요. 사진 액자도, 라디오도, 손대면 부스러질 정도로 마른 꽃다발도, 물이 담긴 컵도, 휴지도 다 치워 버렸죠. 밤에 목이 말라 죽겠으면 컵을 들고 그냥 부엌에 가서 목만 축이려고요. 그리고 왜 제가 협탁 속에 그 쓸데없는 것들을 모두 감춰두고 있었는지 의문이 생겼어요. 해방의 의미는 다 내던져 버리는 건데 말이죠! 저는 과감히 잡동사니들을 정리해 버린 제 자신에게 침대 양쪽 발치에 놓을 유명 상표 매트 두 개를 선물했어요.

침실 협탁과 아이들 방 협탁도 저처럼 말끔히 정리해 보세요. 특히 아이들 침대 옆에 놓인 탁자에는 캐릭터 인형부터 장난감, 게임기, 돌멩이, 심지어 공원에서 주워온 나뭇잎까지 잡동사니들이 수도 없이 쌓여 있을 거예요. 돌과 나뭇잎은 그냥 버리고, 나머지 물건들은 모두 아이들 방 수납장에 나란히 정리해 두는 습관을 들이세요. 혹시 남편의 협탁에 재떨이가 있다면 당장 치우세요. 침실에서는 절대 흡연을 하지 못하게 하셔야죠. 저는 개인적으로 침대 근처에 전화기를 두는 것도 결사반대 하는 사람이에요. 텔레비전을 포함해 어떤 기계도 없는 곳에서 자는 것이 좋거든요. 휴식 공간이 단순하고 정갈하게 준비되어 있어야 밤에 편안하게 잠을 청하면서 낮 동안 필요한 에너지를 충전할 수 있답니다.

공간을 위한 간단한 팁

저는 꽤 오래전부터 보석 제품들을 서랍에 보관하지 않고 있어요. 보석 상자들을 없애서 공간을 확보하고, 액세서리를 한눈에 볼 수 있도록 정리했거든요. 옷장 옆에 있는 탁자에 소재도 나무이고 모양도 나무인 장식품을 하나 놨어요. 그 장식용 나뭇가지마다 반지며 팔찌들을 걸어 뒀죠. 그리고 액자에 고리를 달아서 목걸이를 모두 모아 걸 수 있게 한 다음 탁자 위의 벽에 달았어요. 이렇게 하니까 액세서리들이 한눈에 다 보여서 아침마다 착용할 것들을 금방 고를 수 있더라고요.

시인 귀도 고차노 Guido Gozzano 는 장식품이 너무 많은 것을 두고 '최악의 취향에서 보는 좋은 물건들'이라고 불렀다죠. 장식품들은 제게는 십자가 같은 거예요. 아니, 예전에 그랬었죠. 전 바로 지난주에 너저분한 장식품들로부터 해방됐거든요. 아마 앞으로도 장식품에 얽매일 일은 없을 거예요. 장식품을 정리한 후로 저는 여러 자선 바자회에 기증할 수 있는 기회도 얻을 수 있었어요. 집 청소에 덤으로 얻은 기쁨이었죠. 제가 기증품에 포함시킨 물건들의 목록을 적어야겠다고 생각했어요. 분명히 여러분도 필요할 것 같아서요.

일단 집에 있는 사탕 그릇을 세어 보니 마흔세 개가 있더라고요. 도자기로 된 것도 있었고, 백랍, 설화석고, 은, 라탄 소재로 된 것도 있었어요. 모양도 일반적인 네모난 상자 모양부터 수저 모양, 바구니, 찻잔 모양까지 다양했죠. 그중 스페인의 야드로Lladró와 영국의 웨지우드Wedgwood 브랜드의 너무나 예쁜 도자기 인형 스물다섯 개는 조심스럽게 부드러운 흰 벨벳 천에 싸서 예쁜 상자에 담은 다음 그릇장에 보관했어요. 그 외에 그다지 값나가지 않아 보이는 것들은 성탄맞이 자선 행사에 사용하도록 자선 단체인 마니 테세Mani Tese(전 세계 극빈층과 아프리카, 아시아, 라틴아메리카의 최하위 계층 인구의 사회적 발전을 증진시키기 위해 1964년에 설립된 비정부단체)에 보낼 거예요.

몇 개인지 정확치는 않지만 크고 작은 화병들도 정리했어요. 제가 꽃을 좋아해서 항상 이 화병 저 화병에 장미와 달리아를 꽂아 욕실과 침실, 거실, 주방 곳곳에 놔두거든요. 그런데 화병을 전부 모아 보니 많아도 너무 많더라고요. 그래서 화병도 나비 컬렉션(유리 상자 열여섯 개 속에 색색의 박제 나비들이 하나씩 들어 있어서 거실 벽난로 위에 나란히 세워 놓으면 보기 좋았죠)과 함께 종교 자선 단체로 보낼 거예요.

아프리카산 북 네 개와 눈물 흘리는 흑백의 베네치아 가면 세 개, 알록달록 화려한 시칠리아 수레 모형, 잘츠부르크 풍경이 담긴 도자기 종, 이젠 거의 삭기 직전인 벨벳 소재의 곰, 토끼, 판다 인형 열여덟 개, 크리스털 받침에 끼운 붉은색 행운의 뿔, 불가사리 세 개와 조개 다섯 개, 플렉시글라스 소재의 큐브 모양 액자 틀 여섯 개, 손잡이 달린 맥주잔 한 세트, 재떨이 열 개도 버렸어요. 정리를 하다 보니 집에 과일 그릇도 여덟 개나 되더라고요.

또 일반 액자도 서른두 개나 되고(은 소재 액자가 꽤 많은데, 이건 가지고 있어야겠죠), 설화석고로 만든 라이터도 여섯 개 있더라고요. 이런 허드레 물건들을 다 치우고 나니까 집이 얼마나 아름다워졌는지 여러분을 초대해서 보여드리고 싶을 정도예요. 꼭 필요한 것만 남기고, 장식품들이 너저분하게 올려진 탁자와 선반들은 다 치워 버렸거든요.

여러분도 해 보세요. 먼저 눈에 보이는 것들부터 모조리 치우기 시작하세요. 한번 어딘가에 올려두면 몇 달이고 몇 년이고 계속 그 자리를 차지하고 있기 쉽거든요. 그리고 여행을 갔을 때 그 지긋지긋한 '기념품' 구입의 유혹을 이겨 내세요. 기념품 가게에서는 예뻐 보일 수 있지만, 막상 집에 가져오면 별로인 경우가 많잖아요.

정리는
나의
즐거움

제게는 깔끔한 집이 정말 큰 기쁨이에요. 그래서 복잡하게 어지르지 않으려고 애쓰죠. 집이 지저분하면 뭔가 잘못된 것 같고 해야 할 일을 안 한 것 같아요. 단순히 스트레스를 받는 차원을 뛰어 넘어 큰일이 난 것 같은 불안까지 느낀다니까요. 또 집이 난장판일 때 필요한 물건을 찾느라 시간 낭비를 하는 게 싫다는 점도 무시할 수 없어요. 그래서 저는 정기적으로 어떻게 하면 공간을 합리적으로 사용하고 물건들의 활용도를 높일 수 있을지 고민한답니다.

물론 이런저런 물건들을 금방 찾아서 사용할 수 있는 방법에 중점을 두죠. 그저께는 세탁물을 집중적으로 정리했어요. 그 시작은 이랬죠. 서랍에서 살구색 속옷을 찾는데 도무지 보이지가 않는 거예요. 결국 서랍에 들어 있던 것들을 모두 침대 위에 쏟아 놨는데도 안 나왔어요. 그래서 앞으로는 제 옷장과 서랍에 들어 있는 옷들을 좀 더 합리적이고 기능적으로 수납해야겠다는 생각을 하게 된 거예요.

정리를 시작하기 전에 먼저 물건들을 구분했어요. 이제까지는 침대보에서 스타킹까지 온갖 패브릭 제품들을 커다란 장 하나에 보관해 왔어요. 하지만 이제는 주방에서 사용하는 것들과 욕실용, 침실용으로 분리하고, 옷도 개인별로 구분했죠. 제가 정리한 방법을 자세히 적어 볼게요.

그릇장 여닫이문이 달린 그릇장 선반에는 깔끔하게 접은 천 제품들을 차곡차곡 쌓아 수납했어요. 행주와 앞치마, 식탁보와 다용도 수건을 넣어 뒀죠. 이렇게 다시 정리를 하니까 오븐이나 주방 기구들을 사용하는 동안 필요한 천 제품을 언제라도 손만 뻗으면 사용할 수 있더라고요. 게다가 접힌 면들이 한눈에 보이니까 쉽게 알아볼 수도 있고요. 예를 들어, 제가 좋아하는 환상적인 초록색 미국산 식탁보를 쓰려고 할 때 그릇장 문만 열면 곧바로 꺼내 쓸 수 있게 됐죠.

라탄 바구니 여유 공간이 있다면 수건과 목욕 가운 수납용으로 작은 가구를 하나 들이는 것이 좋아요. 차곡차곡 접어서 쌓아 놓는다 해도 먼지가 쌓일 수 있으니까 선반에 수납하는 것은 아무래도 덜 효율적이겠죠. 하지만 수납장을 하나 더 놓을 만큼 욕실이 크지 않아도 해결 방법이 있어요. 잡지에서 보니까 골풀이나 라탄 소재의 바구니를 세면대 아래에 놓는 아이디어도 참신하더라고요. 간혹 세수를 하다가 비누거품이나 물방울이 조금 떨어질 수는 있어도 공간이 협소하다면 이것도 좋은 방법일 것 같아요.

장롱 침대 시트나 베개 커버, 담요를 비롯해 결혼 예복까지 침실 장롱에 보관할 수 있어요. 그런데 깃털 소재 이불들은 부피가 너무 크죠? 저는 시중에 파는 수납함을 구입해서 넣어 둬요. 이불을 압축해서 보관할 수 있는 경첩이 달린 꽤 큰 수납함이에요. 그리고 세탁소에 맡겨서 세탁을 시키는 것도 좋아요. 찾아올 때는 이불귀를 딱딱 맞춰서 나일론 봉지에 담아올 수 있으니까 장롱 안에 넣을 자리를 찾기가 더 편해지거든요.

서랍장 저는 개인용 속옷과 양말은 서랍장에 정리했어요. 아니면 상자를 세 개 정도 준비해서 장롱 선반에 올려둬도 좋아요. 상자 하나에는 양말을 보관하고, 두 번째 상자에는 팬티와 브라, 마지막 세 번째 상자에는 티셔츠와 캐미솔을 보관하면 될 거예요. 혹시 살고 있는 아파트가 작다면, 침대 밑 빈 공간의 치수를 정확히 잰 후 대형 마트에 가서 그 공간에 들어갈 수 있는 수납함을 찾아보세요. 잊지 말아야 할 점은 수납함이 잘 밀봉되어 먼지가 들어가지 않아야 해요. 이런 다용도 수납함은 색상도 다양하게 나와 있으니 여러분의 마음에 드는 수납함을 금방 고를 수 있을 거예요.

집 안의 패브릭 제품들의 자리를 다 찾아 주었다고 해도 금방 엉망이 될 수 있으니 가끔 정리를 해 줘야 한답니다.

아이들이 낳은 장난감

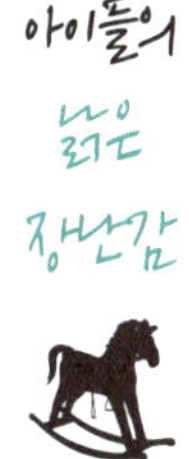

아이들의 장난감 목록을 한번 만들어 볼까요? 아마 아이들이 어릴 때 헤아릴 수 없을 정도로 수많은 물건을 사들였고, 지금은 그 물건들이 집 안 곳곳을 차지하고 있을 거예요. 아이를 키우다 보면 모빌부터 요람에 거는 오르골, 유모차, 핸드 캐리어, 상자, 장난감 기차, 흔들의자, 자전거에 다는 유아용 안장과 자동차용 캐리어, 아기 식탁의자, 바운서까지 온 집에 아기용품이 넘쳐나게 되죠. 어떤 집은 젖병, 바닥이 이중으로 되어 있어 이유식을 보온해 주는 두 칸짜리 식판, 넘어지지 않는 아기 컵, 알록달록한 아기용 수저와 포크, 고무 공갈 젖꼭지, 그리고 주방에 있을 때 아기가 방에서 잘 자고 있는지 소리를 들으려고 산 워키토키까지 치우지 않고 모셔두기도 해요. 아이들이 입던 신생아 옷까지 목록에 넣으려

하면 정말 끝도 없죠. 대부분 엄마들이 아이들의 갓난쟁이 시절을 기억하고 싶어서 갓 태어났을 때 입던 옷들은 오랫동안 보관해 두잖아요.

물론 이런 물건이나 옷 하나하나가 아이들이 크면서 행복했던 순간들을 기억하게 해 주기는 해요. 그래서 쉽게 정리하지 못하는 거죠. 제 친구 중에는 아들이 사춘기가 돼서야 유모차를 치운 친구도 있어요. 그렇게 오래 갖고 있었는데도 그 친구는 유모차를 버리는 것을 가슴 아파 하더라고요. "난 쓰고 난 물건을 무조건 버리는 게 싫어"라고 하더군요. 혹시 여러분도 제 친구와 같은 생각을 갖고 있다면 제 얘기를 잘 들어보세요.

아이 방을 꾸며 줄 때, 시간이 흐르면서 아이가 요구하는 바에 맞춰 변화를 줄 수 있어야 한다는 점을 염두에 두셔야 해요. 가구점에 가 보면 길이가 조절되는 침대도 있고, 캐비닛 겸용 옷장으로 사용할 수 있는 가구와 수납장이 달린 의자, 헤드 부분을 돌리면 칠판이 나오는 침대도 있어요. 카탈로그에서 잘 살펴보고 필요한 정보는 가구점에 문의하면 될 거예요.

예전에 사서 쌓아 둔 유아용품들은 과감하게 치우세요. '신생아실' 같았던 집은 이제 정리하셔야 해요. 오래된 유모차는 자선 단체나 이주민 지원센터 같은 곳에 보낼 수 있어요. 아기 물건이 있던 곳을 모두 사진으로 남겨서 앨범에 넣은 다음, 사진 아래에 '네가 갓 태어났을 때 여기서 잤단다. 절대 잊지 마렴!'과 같은 재미있는 문장을 써서 아이에게 선물로 준다면 조금 덜 아쉬울 거예요. 그렇게 하면 소중한 물건과 이별한다는 상실감은 줄이고 추억은 간직할 수 있답니다.

또 이렇게도 생각해 보세요. 여러분에게는 더 이상 필요하지 않은 물건이 그것을 돈 주고 살 능력이 없는 누군가에게는 꼭 필요한 물건일 수 있어요. 그러니까 여러분 주변의 여러 자선 단체에 모두 보내세요. 그리고 추억을 간직한다는 의미로 아이가 가장 좋아하던 장난감 인형 하나만 남겨 두세요!

강아지나 고양이, 혹은 카나리아 같은 애완동물을 기르면 그들이 친구도 되어 주고 우리를 기쁘게 해 주기도 해요. 저도 동물을 좋아하지만 도시에서 살면, 특히 아파트 같은 공동주택에 살면 기르기가 쉽지만은 않다는 걸 잘 알아요. 기를 수는 있지만 지켜야 할 규칙이 있죠. 그래서 제가 몇 가지 조언을 드릴까 해요. 애완동물을 데려오기 전에 먼저 여러분이 사는 공동주택의 규칙에 대해 잘 알아보세요. 집이 여러분의 소유라도 공동주택의 규칙에 애완동물을 금지하는 조항이 있을 수 있답니다.

이웃들과 불화가 생기지 않도록 되도록 작은 애완동물을 선택하세요. 저는 햄스터와 카나리아, 토끼를 한 마리씩 길렀는데 조금만 신경 써도 괜찮은 동물들이라서 편하게 길렀어요. 햄스터는 공간이 넉넉한 우리에서 길러야 편하게 활동할 수 있어요. 소재는 가능하면 강철이나 단단한 플라스틱, 혹은 플렉시글라스와 같이 청소하기 편한 것이어야 해요. 그리고 우리 안에는 먼지가 날지 않는 바닥재를 깔아 줘야 하겠죠(입자가 고운 모래나 잘게 찢은 종이, 혹은 대패밥을 깔아 주시면 돼요). 제 경우 햄스터 우리를 받침 위에 올려놨더니 바닥을 깨끗하게 유지하는 게 그리 어렵지 않더라고요. 화분도 바퀴 달린 받침에 올려두면 옮기기 훨씬 편한 것 아시죠? 저는 서재에서 일을 할 때나 주방에서, 또 테라스에서도 햄스터와 같이 있는 것을 좋아하는데 바퀴 달린 받침 위에 우리를 올려놓으니 정말 편하더라고요.

카나리아를 기르고 싶은 분은 제일 먼저 한 가지 기억해 두셔야 할 게 있어요. 카나리아는 쌍으로 키워야지 절대 한 마리만 키우면 안 돼요. 그러니 새를 넣어 둘 우리도 어느 정도 커야 하고, 봄이 오면 발코니나 창문과 아주 가까운 곳으로 옮겨 두어야 해요(창문도 자주 열어 둬야 하고요).

저는 카나리아들을 조금 독특한 방법으로 기르고 있는데, 여러분 집에도 베란다가 있다면 권하고 싶어요. 큼지막한 새장다운 새장을 베란다에 놓는 건데요. 베란다의 크기에 맞춰

적절하게 설치하면 비용도 그렇게 많이 들지 않는답니다. 여러분이 직접 철물점에서 이미 만들어진 철망을 구입한 후에 철물공과 같은 기술자를 부르면 새장을 만들어 줄 수 있을 거예요. 아니면 시중에 판매하는 것 중에서 적당한 크기를 선택하시면 돼요(시장에 나가서 찾아보세요). 새장이라고 해 봐야 다른 동물들의 우리와 크게 다를 것은 없어요. 그저 조금 더 규모가 커서 카나리아들이 편안하게 지낼 수 있는 것뿐이죠.

애완용 토끼는 아주 순하고 특히 아이들이 좋아하는 동물이에요. 애완 토끼도 고양이처럼 자기 집을 마련해 주고 그 안에서 지내는 법을 훈련시킬 수 있어요. 그러면 집 안에서 마음대로 돌아다니도록 풀어 놔도 괜찮아요. 하지만 토끼도 물어뜯는 것을 좋아하니까 신경 쓰셔야 해요. 가구는 물론 전선까지 물어뜯는 경우가 종종 있거든요. 그러니까 항상 주의 깊게 살펴보고 외출할 때는 절대 풀어 놓지 마세요. 저는 바닥에 있는 전선들을 단단한 테이프로 감아 두었답니다.

혹시 애완동물을 기르는 데 문제가 생기면 동물보호관리시스템(www.animal.go.kr)이나 한국동물보호연합(www.kaap.or.kr)으로 연락해 보세요.

다락방에 쌓여 있는
오래된 물건들과의
작별

며칠 전 저는 다락방에 올라가 봤어요. 날씨가 너무 화창해서 작은 창으로도 눈부신 햇살이 스며들어 오는데, 빛줄기 속으로 먼지들이 춤추듯 날아다니는 게 보이더라고요. 엉망진창인 다락방을 보고 있으니 정리할 방법을 찾아야겠다는 생각이 들었죠. 저는 당장 계획을 세우고 실행에 옮길 수도 있었지만 그러지 않았어요. 정리는 일단 조금 뒤로 미루고, 다락방에 쌓여 있는 옛날 물건들을 뒤적여 보는 기쁨을 맛보고 싶었거든요. 전 혼잣말까지 중얼거렸어요. "한나절 정도 차분히 다락방을 둘러보면서 이런저런 옛날 물건들과 추억도 떠올려 보고 보관할 물건과 버릴 물건을 결정할 거야."

그런 식으로 시작하니 부담스러운 정리의 의무가 기쁨으로 바뀌더라고요. 그 주 주말에 일어나 보니 차분하게 비가

내리고 있었어요. 다락방에서 보내기에 더없이 좋은 날씨라고 생각했죠. 저는 낡은 작업복에 장갑을 끼고 머리도 질끈 묶고서 다락방으로 올라갔어요. 먼저 버릴 물건과 계속 보관할 물건을 둘 곳부터 정하고, '검열'을 시작했죠.

어떤 물건이든 쓰지도 않는데 자리만 차지하고 있는 것은 그대로 방치하지 않겠다는 계획에 따라 스키 부츠 네 켤레를 과감히 버렸어요. 하지만 예전에 입던 옷들은 왠지 가슴을 뭉클하게 만들더라고요. 그래서 깨끗이 빨아서 먼지가 들어가지 않는 새 트렁크 같은 곳에 보관하기로 했죠. 반쯤 부서진 가방도 세 개나 있었어요. 하나를 열어 보니 귀찮아서 모셔 둔 작은 잡동사니들이 쌓여 있었어요. 선반 장식 용품부터 결혼식 답례품으로 받은 사탕 그릇, 옛날 영수증들이 가득 든 서류 보관함에 자동응답기도 세 개나 있더라고요. 그리고 어릴 때 갖고 놀던 장난감도 몇 개 나와서 조심스럽게 먼지를 털었어요. 저녁이 되자 다락방이 완전 다른 곳이 됐더군요. 깨끗하고 깔끔하고 정갈해 보였어요. 어느 한구석도 지저분해 보이는 곳이 없더라고요.

공간을 위한 간단한 팁

이사를 하고 보니 여러분이 너무 좋아하던 커튼이 새로 이사한 집의 창문에 어울리지 않는 경우가 종종 있죠? 그럴 때에는 안 그래도 좁은 장롱 속에 커튼을 방치하지 않는 방법이 있어요. 저는 얼마 전에 오래된 실크 커튼을 재활용해서 침대커버를 만들었어요. 인테리어 상점에 가서 커튼 두 장을 연결해 달라고 했더니 주인아저씨가 친절하게도 사방 가장자리에 벨벳 장식까지 달아 주셨더라고요. 커튼을 침대커버로 변신시킨 결과는 정말 훌륭했어요. 여러분도 한번 해 보세요. 분명히 만족하실 거예요.

더 이상 필요 없다면 인터넷에 버리세요

여러분, 제가 패브릭 제품들을 수납한 장을 정리하다가 이불보 사이에서 뭘 찾아냈는지 아세요? 한 번도 사용하지 않은 2인용 호피무늬 이불이 나왔지 뭐예요! 사실 무늬가 마음에 안 들어 앞으로도 침대에 올려놓을 생각은 추호도 없어요. 그래서 버렸냐고요? 솔직히 버리지는 못하겠더라고요. 그런데 제게 한 가지 아이디어가 떠올랐죠. "인터넷에서 팔아 보면 어떨까?" 하는 거였어요. 그래서 인터넷을 검색하기 시작했는데, 호피 이불 말고 다른 것들까지 팔게 됐어요. 여러 사이트들 중에서 제일 믿을 만한 사이트를 골라서 더 이상 필요가 없어 처분하고 싶은 물건들을 경매에 올렸죠. 믿기 힘들겠지만 전혀 필요 없을 것 같은 물건 여러 개를 처분할 수 있었고, 게다가 기대도 하지 않았던 수입까지 얻을 수 있었답니다.

몇 가지 예를 들어볼까요? 미얀마에서 구입한 동과 은으로 된 부처의 두상은 30유로(한화 약 4만 원)에 팔았고, 전자레인지용 커피머신은 15유로(한화 약 2만 원)에, 그리고 한 번도 안 입은 베이비 돌 레이스 원피스도 12유로(한화 약 17,000원)에 팔았어요.

제가 이용한 사이트는 이베이라는 곳이에요. 매일 수백만 명이 접속해 이런저런 물건들을 사고파는 인터넷 시장이죠. 규모가 큰 바자회처럼 물건을 구입하고 싶으면 누구나 방대한 물품들 중에서 선택할 수 있고, 무엇인가를 팔고 싶을 때도 수많은 방문자들에게 여러분의 물건을 소개할 수도 있는 사이트랍니다. 인터넷 주소창에 'www.ebay.com'을 치면 LP 음반에서 시중에 판매 중인 최신 모델 컴퓨터에 이르기까지 세상의 모든 물건들을 찾을 수 있는 사이트로 들어갈 수 있어요. 게다가 관심 분야가 같은 사람들을 만날 수 있는 기회까지 얻을 수 있답니다.

온라인 판매는 생각보다 어렵지 않고 사이트 자체에서 판매 과정 하나하나를 다 도와줘요. 물건에 대한 설명과 필요할 경우 사진을 첨부해 판매 목록에 올리고, 경매로 판매할 것인지('경매 판매Auction' 탭으로 들어가세요) 혹은 지정된 가격으로 판매할 것인지('지정 가격Fixed Price'을 선택하세요) 결정한 후 설정된 기간 내에 구매자들이 입찰하기를 기다리기만 하면 되죠. 이 과정에서 지불 방법과 배송 방법에 대한 협의도 이루어진답니다. 그리고 '신용과 안전 거래'와 관련된 업무만 담당하는 전담 부서가 정기적으로 사이트를 검사하면서 안전 거래를 보장해 주고 있으니 걱정하지 않으셔도 돼요. 부정행위 보호 프로그램이 적용되기 때문에 거래에 문제가 생겼을 경우 230유로(한화 약 30만 원)까지 보상도 해 준답니다.

무엇보다 저는 어떤 물건이든 사고팔 수 있는 이 거대한 가상 시장에서 즐거운 시간을 보냈다는 점을 꼭 말씀드리고 싶어요. 편안하게 내 집에 앉아서 수많은 물건들을 구경하면서 쇼핑도 하고 판매도 할 수 있잖아요!

Buy It Now
$300
ebaY
Time left : 3h 21m
29 bids
$200
$50
blur
esc
F5
F6
tab
enter
return
shift
shift
fn
delete

짝 잃은 물건의 재활용

현관 앞에 수국이 꽂힌 화병 두 개, 침실 서랍장 위에 아주 정교한 도자기 인형 두 개, 식당에 촛대 두 개, 책장에 설화 석고로 만든 북엔드도 두 개. 이렇게 있어야 왠지 완벽하게 안정감이 있는 것 같아 보이죠. 일반적으로 우리는 무엇이든 쌍을 이루고 있어야 정리된 듯한 느낌을 받곤 해요. 2라는 숫자가 안정감을 주는 거죠. 하지만 이렇게 쌍으로 된 물건들이 짝을 잃는 경우가 생기고, 뭔가 빠진 듯한 어색함을 느끼게 돼요. 예를 들어, 저한테 너무 잘 어울리는 하늘색 비키니가 있었는데요. 어느 날 찾아보니 상의만 있는 거예요! 또 크리스털 컵 세트도 하나씩 잃어버려서 물컵 세 개, 와인 잔 세 개만 남았더라고요. 영국제 도자기 찻잔들도 마찬가지예요. 이제는 거의 컵받침만 남은 것 같네요.

뒤져 보면 그런 것들이 끝도 없이 나오죠. 이렇게 짝을 잃은 물건들을 없애 버리는 경우가 많은데요. 아니면 교회에서 하는 자선 사업에 기부를 할 수도 있고, 중고 시장에 내놓을 수도 있죠(지역마다 엠마우스Emmaus나 마니 테세와 같이 중고품을 수거해서 판매하는 자선 단체들이 있으니까 찾아보세요).

우리의 집을 채우고 있는, 사용하지 않는 수많은 물건들을 처분할 수 있는 방법은 많아요. 그런데 친구가 또 한 가지 힌트를 줬어요. 바로 오래된 물건들의 용도를 바꾸면 훨씬 더 잘 사용할 수 있다는 거였죠. 제 친구는 짝 잃은 물컵과 찻잔에 바질과 오레가노, 세이지 같은 식물을 심어서 화분으로 사용하고 있더군요. 그 화분을 오래된 파이렉스 내열 용기에 넣어 주방 싱크대 근처에 나란히 놔두었더라고요. 그랬더니 주방이 작은 아로마 식물 온실이 됐어요. 요리에 필요한 재료도 그 자리에서 구할 수 있고 정말 근사했어요.

이 방법은 감성적인 측면에서도 좋은 효과를 내는 것은 말할 필요도 없고, 정들었던 물건들을 어디로 보내지 않고 우리 곁에 두면서 제2의 전성기를 맞이할 수 있게 해 줘요. 그리고 가끔은 서로 전혀 상관없는 것 같아 보이는 물건들을 무심결에 방치한 것처럼 함께 두는 것도 나쁘지 않아요. 말하자면 무질서를 창의적인 예술로 승화시키는 거죠.

완벽한 조화를 위해 같은 것끼리만 배치하는 습관을 버리고 여러분의 예술적 영감에 모든 것을 맡겨 보세요. 예를 들어, 하늘색 꽃무늬 슬립에 상의만 남은 하늘색 비키니를 매치하는 거예요. 식탁에 알록달록한 패치워크가 들어간 식탁보를 깔면 다양한 색과 모양의 컵과 접시를 세팅해도 괜찮아요. 그러면 여러분의 집이 훨씬 더 감각적으로 보일 수 있어요. 그렇게 하면 짝 잃은 물건들이 제자리를 찾아가니 그 물건들을 보관하던 장소도 다양하게 활용할 수 있겠죠.

컵을
반짝이게 만드는
나만의 비법

저는 주방을 청소할 때 최선의 방법을 이용하려고 애써요. 같은 시간을 투자하더라도 되도록 집중적으로 청소해서 투자한 시간과 에너지가 헛되지 않도록 하는 거죠. 사실 온 집이 반짝거리는 것을 보면 무척 흡족해요. 특히 식탁에 올리는 식기류에 굉장히 신경을 많이 쓴답니다. 저는 접시며 컵, 은식기가 이물질이나 물 얼룩 하나 없이 말끔하게 반짝이는 것을 좋아해요. 물 얼룩이 있으면 씻어 놓은 지 얼마 되지 않아도 더러워 보이더라고요. 그래서 은제품을 광 내는 법을 터득했어요. 일단 은 전용 제품으로 광을 낼 때에는 일직선으로 닦아 줘야 해요. 원 모양으로 문지르면 홈집이 생기거든요. 그리고 찻잔 바닥에 남은 커피나 차 얼룩을 없앨 때는 약간의 기술을 동원해요. 물과 세제를 이용한 일반 세척 과정에 들어가기 전에 약간의 식초를 묻혀서 닦아 줘요. 그러면 식초가 탈색 효과를 내 주거든요. 이 밖에 접시나 프라이팬, 목제 식기를 효과적으로 닦는 방법을 몇 가지 알려 드릴게요.

유리와 크리스털 유리컵에 광이 나게 하는 방법은 손으로 물기를 닦지 않는 거예요. 세제와 따뜻한 물로 세척한 다음 찬물로 한 번 헹구고 바닥이 망으로 된 건조대나 마른 천 위에 뒤집어서 놓고 물이 자연스럽게 흘러내리도록 두면 된답니다.

도자기류 개수대에 뜨거운 물을 받아 놓고 세제를 부은 다음 도자기 소재의 접시들을 담그세요. 잠시 후에 부드러운 스펀지로 슬슬 문질러 주세요. 새로 물을 받아서 다시 한 번 접시를 닦아 주세요. 뜨거운 물로 깨끗이 헹군 후 건조대에 비스듬히 기대어 놓고 자연 바람으로 말리면 말끔하게 반짝이는 접시로 재탄생할 거예요.

은식기류 은식기 세척 노하우는 사용 후 곧바로, 특히 마요네즈나 달걀, 소금 혹은 은을 검게 만드는 성질을 띠는 산성 음식과 접촉했을 때 바로 흐르는 온수 밑에 두는 거예요. 기름기와 소금기, 산기가 어느 정도 씻긴 다음에 물과 세제로 세척하고 면 행주나 키친타월로 물기를 제거하면 됩니다.

쇠와 동 제품 무쇠 프라이팬에 상처를 내지 않고 기름기를 제거하려면 비부식성 가루 세제와 부드러운 스펀지가 있어야 해요. 동 소재 제품의 때를 벗기고 광을 낼 때는 밀가루와 소금, 식초를 섞은 반죽을 준비해요. 그릇에 밀가루 반죽을 묻혀 10분 정도 둔 후에 약간 따끈한 물로 헹구면 새것처럼 반짝여요.

나무 제품 나무로 된 국자와 수저, 도마는 스펀지를 사용해 세제와 뜨거운 물로 세척해요. 목기를 세척할 때 중요한 점은 나무가 휘지 않도록 닦고 헹군 후에 곧바로 천으로 닦아 물기를 없애는 것이에요. 습기가 나무를 손상시킬 수 있기 때문이죠. 균열이 생기거나 형태가 변할 수 있답니다.

향기 나는 방

친구인 알렉산드라의 집에 가면 너무 좋은 향기가 나요. 그 친구의 집에 처음 갔을 때부터 한결같이 그 향기가 났죠. 알렉산드라는 집 안 곳곳에 독특한 포푸리를 담은 그릇을 놓았더라고요. 또 작은 주머니에도 한 줌씩 같은 포푸리를 넣어서 옷장과 서랍에도 넣어 두고요. 그렇게 하니까 온 집에서 기분 좋은 향기가 나고, 현관문을 열어 줄 때부터 그 친구의 등 뒤에서 스며나오는 향기가 저를 감싸는 느낌이 들어요.

알렉산드라는 몇 년째 같은 향의 포푸리를 사용하고 있어서 그 향기를 맡으면 그녀가 떠올라요. 하지만 저는 알렉산드라와는 다른 방법을 선택했어요. 이사를 하고 난 후부터 계절에 따라 포푸리를 바꿔야겠다고 생각했어요. 어떤 향의 포푸리인지 알려 드릴게요.

가을에는 가장 흔한 향기 중 하나인 사과향을 선택했어요. 저는 바구니와 도자기 그릇에 초록색, 붉은색 등 알록달록한 포푸리를 담았어요. 특히 '안누르카Annurca(사과의 품종 중 하나)' 향기가 정말 좋더군요. 또 포도향도 좋아서, 포도향의 향초를 구했어요. 뉴욕에 있는 '앤스로폴로지Anthropology'라는 빈티지 숍에서 구입했는데, 여기서는 매력적인 옷부터 책, 인테리어 용품까지 판매하고 있어요(한국에는 입점이 되어 있지 않아 인터넷 쇼핑으로 구매 가능합니다).

겨울철에는 오렌지, 레몬, 귤 향과 함께해요. 이런 과일을 먹고 난 후에 껍질을 버리지 마세요. 완전히 말려서 작은 그릇에 섞어 놓으세요. 아니면 리넨이나 면으로 만든 주머니에 넣어서 집 안 여기저기에 놓아도 되고요. 감귤류의 과일을 바구니에 쌓아 두면 가정적인 연말 분위기를 내어 인테리어 효과로도 만점이랍니다. 크리스마스를 앞두고 있을 때는 화분에서 자라는 소나무와 전나무를 실내에 들여 놓으면 나뭇가지에서 풍기는 송진 향과 귤껍질 향이 사랑스럽게 어우러질 거고요. 저희 집에는 거실에 벽난로가 있어요. 혹시 여러분의 집에도 벽난로가 있다면, 가끔 석탄이나 장작에 오렌지 껍질을 던져 넣으세요. 껍질이 타면서 거실에 오렌지 향을 퍼뜨릴 거예요.

추위가 물러가고 봄이 찾아오면 장미를 주원료로 한 알렉산드라의 포푸리가 완벽하죠. 장미향 포푸리는 이탈리아의 유서 깊은 약국인 산타 마리아 노벨라Santa Maria Novella에서 구입할 수 있어요.

날씨가 더워지면 창문을 열어 두는 일이 많죠. 그럴 때는 스틱 방향제를 꽂아 두면 바람이 불 때마다 좋은 향기를 맡을 수 있어서 기분이 좋아져요. 하지만 창문을 닫으면 향이 조금 강하게 느껴질 수 있어요.

포맨더 포맨더pommander는 프랑스에서 만들기 시작한 방향제로, 레몬에 일정한 윤곽을 따라 정향 꽃봉오리를 꽂는 거예요. 정향이 쪼개지지 않게 하려면 레몬 껍질에 철로 된 뜨개바늘로 미리 구멍을 내 주세요. 정향을 다 꽂았으면 접시에 담아 냉장고에 넣어 두세요. 정향이 꽂힌 레몬은 냉장고의 악취를 없애 주고 소독을 해 주는 효과도 있답니다. 또 환기구 근처에 두면 파리와 모기를 쫓아 주기도 해요.

방충제 라벤더와 잘게 부순 팔각, 월계수 잎, 통 흑후추를 섞

어서 면 주머니에 넣어 두면 좋은 향기가 나요. 그리고 벌레
를 쫓는 효과도 아주 뛰어나답니다.

낡은 의자를 새것처럼 바꾸기

햇살이 따뜻해지기 시작할 무렵 집에서 큰 기쁨을 주는 것 중 하나는 봄맞이 청소를 계획하고 지난겨울을 털어 버리는 느낌을 주는 일을 만드는 거예요. 예를 들면, 집에 있는 의자들을 검사하는 것과 같은 일이죠. 올해는 주방에서 사용하는 1900년대 초반 앤티크 의자들의 밀짚 부분이 심하게 망가진 게 눈에 띄었어요. 그냥 버릴지 아니면 수리를 할 수 있는 사람을 찾아볼지 잠깐 고민했죠. 그런데 요즘은 짚으로 앤티크 공예를 하는 사람을 찾기 어렵잖아요. 다행히 친구 한 명이 경력이 오래된 앤티크 장인의 주소를 알려 줬고, 제 주방 의자들은 새것처럼 돌아왔답니다. 그보다 더 심하게 부서져서 겨울 동안 정원이나 테라스에 내놨던 의자들도 있었거든요.

이렇게 방치된 의자들이 플라스틱 소재라면 간단히 스펀

지와 세제로 세척만 해도 되겠죠. 혹시 곰팡이가 슬었다면 솔로 제거하고 물을 세게 틀어서 헹군 다음 물방울이 흘러내리도록 약간 기울여 놓고 햇볕에 마르도록 하면 되고요. 하지만 나무 의자나 라탄 의자, 혹은 철제 의자는 원래의 모습으로 돌려놓기가 그렇게 간단하지 않아요. 어떻게 하면 되는지 지금부터 알려 드릴게요.

티크 의자 햇빛과 습기에 노출되면 티크와 같은 나무 소재의 붉은색이 은회색으로 변할 수 있어요. 특히 가구가 실외에 있는 경우, 이런 변색을 막는 이상적인 방법은 붓을 이용해 시중에 판매하는 특수 보호액을 두 번 정도 발라 주는 거예요.

철 소재 의자 우선 사포로 의자 표면의 녹을 살살 문질러 없애 줘야 해요. 의자에 쌓인 먼지를 제거할 때는 부드러운 솔로 먼지를 쓸어 낸 후 젖은 천으로 다시 한 번 닦아 주세요. 물기가 완전히 건조되면 간단한 리폼 도구를 이용해서 필요한 부분에 바니시로 코팅을 해 주세요.

라탄 의자 라탄이나 골풀 소재 의자는 큰 힘을 들이지 않아도 간단히 청소할 수 있죠. 먼저 부드러운 솔로 먼지를 털어 내고 중성세제와 물로 세척한 다음, 마른 천으로 물기를 제거하면 돼요. 하지만 물기가 남아 있으면 얼룩이 될 수 있으니 꼼꼼히 닦아야 한답니다.

알루미늄 의자 2~3개월에 한 번씩 젖은 천과 비부식성 세척 크림으로 상처가 나지 않도록 주의하면서 닦아 주세요. 그리고 물을 한 번 뿌려 헹군 후 키친타월로 물기를 닦아 주시고요. 알루미늄이 상하지 않고 반짝이게 하려면 천에 에몰리언트 오일emolient oil 몇 방울을 묻혀 발라 두면 돼요.

무슨 물건이든
찾아내는
간단한 요령

열쇠는 항상 습관처럼 같은 자리에 두는데, 어떤 때는 도무지 어디에 뒀는지 기억이 나지 않아요. 여러분도 그럴 때 많으시죠? 그리고 주말에 바람을 쐬러 나가려고 차에 탔는데 가스 밸브는 잠갔는지, 창문과 현관은 잘 닫았는지 가물가물해서 불안감이 밀려올 때도 있죠. 우리의 기억력은 짓궂은 장난을 칠 때가 많아요. 궁금한 점이 있을 때 미국인 심리학자 게리 스몰Gary Small의 사이트에 자주 들어가 보는데, 그의 말에 따르면 기억력은 나이와 상관이 없는 거래요. 아주 젊은 사람들도 일시적으로 기억력이 깜깜해질 수 있다는 거예요. 다행히 젊으니까 금방 돌아오는 것뿐이죠. 기억력은 꾸준히 훈련을 하면 유지될 수 있어요. 크게 애쓰지 않아도 기억을 되살릴 수 있는 방법을 몇 가지 알려 드릴게요.

　같은 행동을 반복하세요. 가끔 열쇠나 지갑, 여권을 찾을 때 어디서도 나오지 않을 때가 있어요. 이런 물건들을 어디에 뒀는지 빨리 기억해 내는 방법은 체계적으로 생활을 습관화하는 거예요. 예를 들어, 어떤 물건이든 원래 있던 자리에 정확히 다시 갖다 놓는 습관을 들이는 거죠. 저는 여행할 때마다 사용하는 손가방 주머니에 여권을 넣어 둬요. 항상 거기에 넣어 두니까 걱정하지 않아요. 거의 그 가방만 사용하고 여행에 필요한 신분증은 언제나 거기 들어 있으니, 집 안 어딘가의 서랍장에 넣어 뒀는지 기억을 더듬을 필요가 전혀 없죠. 그리고 공항에서 여권을 검사할 때 보여 주고 난 후에도 원래 넣었던 가방 주머니 속에 다시 넣어요. 열쇠도 같은 방법을 사용해요. 집에 들어오자마자 항상 현관 근처에 있는 똑같은 가구 위에만 올려두죠.

　집중하는 습관을 들이세요. 어떤 물건이 원래 있던 자리에서 다른 곳으로 옮겨졌을 때는 집중해서 기억해 두려고 노력하는 게 좋아요. 이럴 때 저는 혼잣말로 이렇게 되뇌어요. "나는 지금 현관 보조 열쇠를 자동차 서랍에 넣고 있다. 나는 지금 책상 위에 지갑을 올려놓고 있다." 이런 식으로 제 스스

Key Key
Key

로에게 주입을 하면 무의식중에 하는 행동에 일정한 관계를 형성시켜 주기 때문에 물건을 찾는 데 도움이 된답니다. 이렇게 하지 않으면 자신의 행동에 전혀 주의를 기울이지 않고 넘어가게 되거든요. 그러면 당연히 물건을 둔 장소를 기억하기가 어려워지죠. 이 물건이든 저 물건이든 미쳐버릴 지경에 이를 때까지 집을 뒤지지 않고는 찾기가 어렵답니다.

흔적을 쫓아가 보세요. 유난히 피곤하거나 스트레스를 많이 받았을 때는 정말 좋아하던 영화나 책의 제목도 기억나지 않잖아요. 저는 그런 일이 있어도 제 자신을 너무 다그치지 않아요. 먼저 길게 호흡을 해서 뇌에 산소를 공급해 주고, 기억나지 않는 부분과 연결시킬 수 있는 것이 뭐가 있는지 생각해요. 예를 들어, 영화의 제목이 생각나지 않을 때 이렇게 연상해 보는 거죠. "거기서 나왔던 게 호수였나? 다리였나? 그냥 물인가?" 그렇게 떠올리면서 영화의 줄거리를 더듬어 보거나 출연했던 배우들이 누구였는지 기억하는 거예요. 암호를 해석하듯 하나씩 둘씩 되짚어 가다 보면 어느 순간 〈콰이 강의 다리The Bridge on the River Kwai〉라는 제목에 도달하게 돼요. 그러면 게임 끝이죠.

기억력을 높이는 데 필요한 것들

충분한 수면을 취하세요. 우리의 뇌는 신경세포로 구성되어 있는데, 이 신경세포들은 신경 자극을 통해 서로 교신을 한답니다. 수면은 이 교신 활동에 도움을 주고, 교신이 활발해지면 기억력도 강화돼요.

건강을 유지하세요. 어떤 것이든 육체적인 활동을 하면 혈액이 뇌로 더 많이 전달되고, 신경세포의 기능을 증진시킨답니다.

스트레스를 받지 마세요. 피로하면 우리 몸은 뇌세포를 손상시키는 코르티솔이라는 호르몬을 분비해요.

스스로에게 도전하세요. 끊임없이 공부하고 새로운 것을 배우면 강철 같은 기억력을 갖는 데 도움이 돼요. 체스나 장기 같은 게임을 하는 것도 좋고, 가로세로 낱말 맞추기 같은 것도 기억력 향상에 아주 좋아요.

"모자가 어디 있더라?" 바다나 산에 가려고 나설 때 거의 항상 튀어나오는 말이죠. 저는 모자 같은 것을 어디에 뒀는지 기억하려 할 때 시간을 낭비하지 않는 방법을 하나 알아냈어요. 현관 근처 탁자에 아주 스타일 좋은 파나마모자 두 개를 겹쳐 쌓고, 그 위에 색상과 크기가 다른 밀짚모자 세 개를 또 겹쳐 놓거든요. 이렇게 한곳에 모아 두니까 해변에 가려고 할 때 그중에서 마음에 드는 것으로 하나 고르기만 하면 되더라고요.

수납장에
작은 물건들을
잘 정리하는 방법

작은 물건을 수납하려고 놓은 장이 축제 의상부터 아이 유치원 서류까지 온갖 잡동사니를 처박아 두는 소굴이 되는 경우가 종종 있죠. 이번에는 이런 수납장의 공간을 어떻게 계획해야 하는지 살펴볼 거예요. 저는 일단 작은 물건용으로 나온 수납장에 현혹되지 말라고 조언하고 싶어요. 그런 수납장은 대체로 크기가 아담하죠. 아이들이 어릴 때는 모르지만 눈 깜짝할 사이에 크잖아요. 아이 한 명만 있어도 점점 옷이 많아지는데 작은 수납장으로는 금방 어림도 없어지죠.

옷장을 정리할 때 기본적인 규칙은 이거예요. 옷장 문을 열 때마다 여러분의 손에 들린 한 벌의 옷은 형태가 유지될 수 있도록 함께 걸어야 하고, 티셔츠는 잘 갠 상태로, 원피스류는 옷걸이에 걸어야 해요. 바쁠 때는 구겨진 옷을 다려 입을 시간도 없어서 쩔쩔 맬 때가 많잖아요. 이렇게 정해진 자리에 정리하면 옷이 말끔한 상태로 유지되기 때문에 굳이 다려 입지 않아도 된답니다.

아이가 둘인데 옷장 하나로 두 아이의 옷을 수납해야 하는 경우에는 두 가지 색깔의 수납 박스와 옷걸이를 준비해서 분류해 보세요. 옷장 속에 인형들을 수납할 수도 있지만, 이런 장난감은 바구니나 선반 혹은 다용도 정리함에 넣어 두세요. 상자는 공간을 효율적으로 활용하는 데 좋은 아이템이랍니다. 상자를 정리할 때 이런 방법을 사용하시면 좋을 거예요.

남자아이들을 위한 상자와 수납함 야구모자는 대부분의 남자아이들에게 인기가 많은 아이템이죠. 야구모자가 여러 개라면, 벽면에 나란히 걸어 두면 아이들이 쓰고 싶은 모자를 고르기 편할 거예요. 아이가 다섯 살 이상이면 옷장 앞에 작은 계단을 놓는 것도 좋아요. 아이가 직접 계단을 밟고 올라가 옷걸이에서 옷을 꺼내 입을 수 있거든요. 옷이 많아지고 수납 공간이 더 많이 필요해지면, 철 지난 모자들은 큼지막하고 투명한 플라스틱 상자(그래야 안에 뭐가 들었는지 보이죠)에 넣어서 제일 높은 선반 위에 보관하면 되고요.

여자아이들에게 적합한 수납법 여자아이들의 옷을 수납할 때는 옷걸이를 선택하는 것이 좋아요. 그래야 민소매 상의나 목둘레가 넓은 옷을 걸어도 떨어지지 않고 옷의 형태도 망가지지 않으니까요. 스커트에 어울리는 스웨터를 빨리 고르려면 가지고 있는 스웨터들이 한눈에 훤히 다 보여야겠죠. 그러려면 스웨터를 차곡차곡 접어 상하로 나뉜 수납 칸에 한쪽 면이 보이도록 포개 놓으면 돼요. 아주 특별한 날에만 입고 평상시에는 거의 입지 않는 옷들은 상자에 넣어서 옷장 윗부분에 두세요. 그리고 상자마다 안에 어떤 것이 들어 있는지 라벨을 달면 필요할 때 금방 찾을 수 있어요. 양말과 팬티를 비롯해 매일 사용하는 아이템들은 뚜껑이 있는 수납함에 분리해 넣어서 옷장 아래 부분에 두시면 되고요.

여러분도 아시겠지만, 아이들은 장난감이 손만 뻗으면 닿는 곳에 있어야 좋아해요. 그런데 아이들 방에 수납용 가구를 놓을 공간이 부족하면 당연히 방이 복잡해지겠죠. 친구도 그것 때문에 고민을 하기에 제가 그물 형태의 주머니에 장난감을 담아 보라고 조언해 줬어요. 그물주머니에 담으면 어떤 점이 좋으냐고요? 벽에 걸 수도 있고, 장난감의 양에 따라 부피가 조절되니까 좁은 공간에는 안성맞춤이죠. 게다가 안에 든 장난감들이 다 보이잖아요. 그러니까 아이가 좋아하는 장난감을 찾을 때 주머니 안에 있는 것을 전부 바닥에 쏟을 필요도 없죠.

책장이
복잡해지는 것을
막는 방법

저처럼 책이 많은 사람은 이런 딜레마에 빠지곤 해요. "책을 꽂을 때 가나다순으로 정리해야 할까, 주제별로 정리해야 할까?" 저는 후자를 선택했어요. 예전에 책을 두 권 쓸 때(『소박함에 관한 작은 책Il piccolo libro della semplicità』, 『자유로운 여성의 영원한 매력Il fascino intramontabile della donna libera』) 참고용으로 사용하던 에세이들을 주제별로 구분하기 시작했더니 그 방법이 익숙하더라고요. 제가 갖고 있는 책의 대부분이 미국 작가들이 쓴, 생활을 단순화하고 작은 것을 즐기는 방법에 관한 것인데 책의 제목을 전부 다 기억하지는 못해요. 그러니 가나다순으로 정리해 봤자 제게는 아무 소용이 없는 거죠.

책장 선반 두 개에 앞에서 말한 주제의 책들을 꽂아 놓으니, 찾을 것이 있을 때 그 두 칸에서만 뒤져 보면 되니까 훨씬 효율적이더라고요. 하지만 이런 실용성이 필요한 경우가 아니라면, 많은 책을 정리할 때는 대부분 가나다순으로 정리하는 게 편해요. 뒤마Alexandre Dumas, 모란테Elsa Morante, 베르토Giuseppe Berto, 아르바시노Alberto Arbasino, 칼비노Italo Calvino. 이렇게 작가 이름의 첫자를 가나다순으로 꽂으면 돼요. 예를 들어, 로베르토 파엔차Roberto Faenza 감독이 최근에 영화로 만든 엘레나 페란테Elena Ferrante의 소설도 금방 찾을 수 있겠죠?

가나다순으로 정리를 하면 책도 금방 찾을 수 있고 새 책이 생겼을 때도 간편하게 정리할 수 있어요. 저는 책을 살 때마다 새 책들을 어디에 둘까 고민하거든요. 그런데 가나다순으로 정리하면 그런 고민을 할 필요가 없죠. 조금 복잡하고 시간이 걸리는 방법이지만, 그만큼 정확하게 정리가 되고 편리하니 한번 시도해 보세요.

책이 별로 많지 않다면 당연히 정리하기가 훨씬 편하겠죠. 이 경우에는 침실을 작은 도서관처럼 꾸며 보세요. 저는 침실에 흰색 등나무 소재 선반을 놓았는데요. 침실 선반에는 제가 좋아하는 책이나 읽을 책, 다시 읽고 싶은 책을 주로 꽂아요. 그랬더니 독서가 수면과 함께하는 아주 개인적인 시간이 되더군요.

다른 방의 책장에는 최근에 구입해서 이제 막 다 읽었거나 읽기 시작할 책들이 꽂혀 있어요. 주방 선반에는 새로운 요리를 준비하고 싶을 때 보려고 요리책들을 갖다 놨어요. 저는 요리책은 별로 없고, 있는 것도 아르투시Pellegrino Artusi (이탈리아의 유명 요리 연구가) 스타일의 요리법을 기본으로 한 것이 전부인데, 친구 한 명은 전 세계 전통 요리책들을 수집하더라고요.

어쨌든 집 안 곳곳에 책을 놔두면 남들이 여러분을 다르게 볼지도 몰라요. 사실 책이 한 권도 없는 집은 왠지 썰렁해 보이잖아요. 친구들이 집에 책장을 많이 놨는데, 다들 책장이 있는 공간을 자랑스럽게 생각하더라고요. 그러고 보니 예전에 이웃에 살던 유명 작가이자 인류학자인 포스코 마라이니Fosco Maraini의 서재가 떠오르네요. 그분의 따님인 다치아Dacia도 유명한 작가죠. 그리고 로베르토 다고스티노Roberto d'Agostino (이탈리아의 신문기자 겸 방송인)가 살던 콘도티 거리의 저택 거실에 놓인 카스텔리Castelli 사의 나선형 책장도 멋있었어요. 또 저와 친한 역사학자 귀도 클레멘테Guido Clemente도 로마사에 관한 책을 굉장히 많이 소장하고 있어요. 친구 마리나의 집에는 폴리폼Poliform 사의 아담하고 다양한 책장들이 있는데, 그 책장들도 마음에 쏙 들어요.

제가 생각하기에 책장 선반의 이상적인 깊이는 30센티미터인 것 같아요. 선반에 꽂힌 책들이 너무 깊숙이 들어가 있고 앞쪽으로는 공간이 남아서 사진이나 이런저런 장식품들을 올려놓는 게 싫더라고요. 그렇게 책 앞에 이것저것 늘어놓으면 복잡해지고, 뒤쪽으로 밀려나 있는 책들은 건드리기도 펼쳐 보기도 어렵게 되잖아요. 책을 새것처럼 유지하고 속지가 누렇게 변하는 것이 싫다고 해서 몇 해가 지나도록 먼지가 쌓이게 두는 것은 바람직하지 못하죠. 간혹 먼지도 털어 주고, 이리저리 옮겨 주고, 책장도 펼쳐 줘야 해요.

두 달에 한 번씩은 책장 선반 바닥을 청소하고, 책도 전부 빼내서 부드러운 브러시로 페이지 사이사이의 먼지도 가볍게 털어 주는 것이 좋아요. 여러분의 취향이나 친구들의 추천으로 선택한 책 몇 권이 있으면 집이 더 안락하게 느껴질 거예요. 그렇다고 사다만 놓고 내버려 두면 안 돼요. 책은 읽어야 더 큰 기쁨을 맛볼 수 있고 휴식이 될 수 있거든요.

가장 소중한 물건의
시간을 멈추는
방법

한 가족의 삶에는 오랫동안 보관하면 기쁨이 되는 물건들이 수없이 많아요. 그런데 언제든 그 물건들을 꺼내 볼 수 있도록 안전하게 보관할 장소를 찾지 못하면 버릴 수밖에 없죠. 여러분도 경험한 적이 있겠지만, 소중한 물건들을 모두 상자에 담아 창고나 다락방에 넣어 두는 것은 어느새 잊어버리게 되기 때문에 그다지 추천하고 싶은 방법은 아니에요. 누구나 즐거운 '기억'은 있어요. 예를 들어, 저는 주방 그릇장에 끼워 놓은 엽서가 한 장 있어요. 제가 어릴 때 아버지가 보내 주신 거죠. 그 엽서를 거기에 두니 아버지가 항상 제 곁에 살아계신 것 같은 기분이 들어요.

하지만 친척이나 친구들의 결혼식에서 받아 온 사탕 바구니는 상자에 담아 한쪽에 치워 놨어요. 나중에 나이가 들어 다시 꺼내 보면서 저희 집안에서 있었던 일들을 돌이켜 보는 것도 꽤 즐거운 일이 될 것 같아서요. 그리고 어릴 때 갖고 놀던 장난감들은(요즘 고가의 '빈티지' 물건으로 부상하는 장난감이에요) 유리 케이스에 넣어 감상도 하고 먼지도 털어 주고, 가끔 위치도 바꿔 준답니다. 제일 애정이 가는 물건들은 수납할 자리만 마련해 주는 것으로는 충분치 않죠. 추억이 담긴 사진이나 아이들이 선물한 그림, 가죽 표지의 고서적과 같은 것들은 세월이 흘러도 손상되지 않게 하기 위해 몇 가지 규칙에 따라 보관해야 해요. 이런 물건들을 보관하려면 어떻게 해야 하는지 살펴보죠.

옛날 사진 사진은 종이 재질의 사진첩에 정리해야 해요. 페이지마다 조그만 삼각형 틀이 붙어 있어서 그 사이로 사진의 모서리를 끼워 넣는 앨범을 선택하세요. 사진에 지문이 묻어 손상되지 않게 하려면 흰색 면장갑을 착용하고 사진을 정리하는 게 좋겠죠. 정리가 끝난 사진첩은 상자에 넣어 건조한 장소에 보관하세요.

아이들의 미술 작품 도화지에 그린 그림은 빛에 노출된 채 오래

방치되면 누렇게 변하고 찢어져요. 그러니까 아이들이 그린 그림은 액자에 끼워 보관해야 해요. 평평하고 형태가 틀어지지 않는 액자에 끼워서 그림에 먼지가 앉지 않게 해 주세요. 그림을 벽에 거는 게 여의치 않으면 책장이나 옷장에 보관하면 간편해요.

고서 오래도록 소장하고 싶은 귀한 책들은 솔로 먼지를 잘 털어서 서류 보관용 상자에 넣으세요. 종이가 손상되지 않게 하려면 집 안에서 습하지도 덥지도 않은 장소에 두고, 벌레들이 종이를 먹거나 책 속에 들어가지 않도록 해 주세요. 책을 보관한 상자 주변에 먼지 방지제나 살충제를 놔두면 특별히 신경 쓰지 않아도 되겠죠.

평범한 사진을 조금 더 개성 있는 물건으로 변신시켜 보는 것은 어떨까요? 저는 얼마 전에 조카에게 아침 식사 때 사용할 컵을 선물했거든요. 조카가 아주 재미있는 표정을 지은 사진을 컵에 인쇄해서 줬더니 무척 좋아하더라고요. 요즘은 단 몇 분 만에 사진을 퍼즐이나 달력으로 만들어 주는 상점들이 많아요. 심지어 사진을 미술 작품처럼 캔버스로 만들어 주기도 하더라고요. 그래서 생각해 봤는데, 친구들의 얼굴을 가방이나 티셔츠에 넣어서 생일 선물로 주는 것도 좋은 아이디어 같아요.

집안 살림을 하다가 부딪치게 되는 문제들은 대부분 약간의
아이디어를 동원하면 간단히 해결할 수 있어요. 예를 들어,
빨래를 널 공간이 부족해서 곤란한 경우가 있죠? 원룸에 살
거나 집이 넓어도 세탁실로 사용하는 공간이 없으면 고민이
될 수 있는 문제예요. 저도 밀라노에서 30제곱미터짜리 좁은
아파트에 살 때 빨래 널 곳이 없었거든요. 그래서 거실 겸 침
실에 접이식 빨래 건조대를 놓고 그 밑에 비닐 코팅된 천을
한 장 깔아두고 빨래를 널었어요. 바닥이 나무 마루라서 물
이 떨어지지 않게 하기 위해서였죠. 그리고 정면에서 건조대
가 보이지 않게 파티션을 하나 세웠어요. 그 시절 저는 처음
으로 집안일을 하기 시작하면서 옷을 제대로 말리지 않으면
변형될 수 있다는 것을 알았어요.

　그래서 지금 사는 집에는 옷의 종류에 따라 빨리 말릴 수 있는 다양한 빨래 건조대를 갖춰 놓고 있어요. 제 건조대는 모두 접이식이라서 사용하지 않을 때 접어 놓으면 별로 공간도 차지하지 않아요. 제가 몇 가지 건조대를 추천하고 사용법도 알려 드릴게요.

청바지와 침대시트　일반적인 건조대는 양쪽 날개 부분이 펼쳐지고, 하나씩만 펼칠 수도 있어요. 청바지나 바지를 빨리 말리고 싶을 때는 두 칸 정도 간격을 두고 널면 되고, 수건이나 이불보같이 의류를 제외한 빨랫감을 널기도 좋아요. 건조대 다리에 작은 바퀴가 달려 있는 모델이라면 힘들이지 않고 움직일 수도 있으니 더 편하겠죠.

플리스fleece**(양털같이 부드러운 직물)와 니트**　울이나 특히 캐시미어 소재의 스웨터와 같은 의류는 어깨 부분을 옷걸이에 걸어 두면 옷에 스며 있는 물의 무게 때문에 늘어나고 형태도 변형돼요. 옷이 상하지 않게 하려면 먼저 잡아당기지 말고 잘 펼쳐서 완전히 펴진 건조대 위에 조심스럽게 올려놓고 말려야 해요. 이렇게 하면 잘 마를 뿐 아니라 다림질을 한 것 같은 효과도 얻을 수 있답니다.

양말과 장갑　장갑이나 손수건, 아기 양말과 같은 소품들은 작은 건조대에 널어서 욕실에 매달아 놔도 돼요. 욕조만 있는 구조라고 해도, 압력판이 달려 있고 봉이 두 개 정도 달린 간단한 형태의 건조대가 판매되고 있으니 욕조 근처에 달아 놓고 사용하면 되더라고요.

브래지어와 스타킹　속옷을 세탁기에 넣을 때에는 내용물을 보호하는 그물망에 넣어 주세요. 이렇게 세탁을 하면 건조 코스까지 내버려 둬도 속옷과 스타킹이 해지지 않고 배수관에 끼거나 걸릴 염려도 없답니다. 또 한 가지 장점을 들자면, 속옷의 형태도 변하지 않고 건조까지 세탁기에서 끝낼 수 있다는 점이죠.

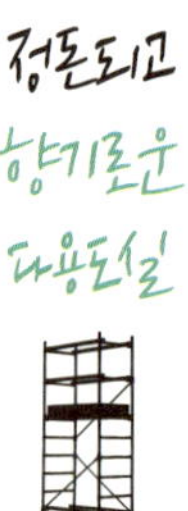

정돈되고 향기로운 다용도실

다용도실이 정리되어 있으면 집 전체가 완벽하다는 느낌을 받아요. 다용도실 문을 열었을 때 난장판인 광경에 머리부터 아파오는 것이 아니라 하나하나 잘 정리되어 있고 깨끗한데다 유서 깊은 피렌체의 산타 마리아 노벨라에서 구입한 포푸리가 적절한 향기를 풍기고 있으면 만족감이 샘솟는답니다. 사실 다용도실은 딱히 둘 자리가 없어서 제자리를 찾아 주지 못한 물건들을 모두 모아 두는 창고가 되는 경우가 많죠.

이런 공간이 어느 집이나 다 있는 것은 아니에요. 그런데 간혹 다용도실이 있다는 게 얼마나 큰 장점인지도 모르고 지저분한 공간으로 취급해 무시하기도 해요. 그래서 다용도실에 이런저런 물건을 갖다 놓기만 할 뿐 필요할 때 언제라도 찾을 수 있도록 질서정연하게 정리할 생각은 거의 하지 않죠. 하지만 저는 다용도실도 기능적인 공간인 집에서 사는 것이 좋아요. 그래서 제가 직접 경험한 것을 바탕으로 몇 가지 아이디어를 알려 드릴게요.

선반 위의 공간을 구분하세요. 식품류는 한곳에 모아 두고, 독성이 있는 유해한 물질(살충제, 산성 물질, 페인트 등)은 아이들의 손에 닿지 않도록 높은 곳에 올려두세요. 연장은 벽에 걸어 두시고요.

조명을 손보세요. 조명이 어둡거나 고장이 나 있으면 필요한 것을 찾을 때 눈에 보이지 않을 수 있어요. 그리고 이런저런 상자와 항아리를 뒤질 때는 조명이 환해야 떨어뜨리지 않고 찾을 수 있잖아요. 또 다시 제자리에 갖다 놓으려 해도 일단 환하고 봐야 하겠죠.

벽 윗부분에 선반을 설치하세요. 가능하면 다용도실의 모든 공간을 활용하세요. 높은 곳에 있는 선반을 이용하려면 접이식 계단도 있어야겠죠? 하나 마련해서 손 닿기 쉬운 곳에 보관하세요.

정기적으로 다용도실에 있는 물건을 모두 꺼내세요. 상자에 무슨 물건이 들었는지 살핀 후 쓸모없는 것은 버리고 계속 보관할 물건은 먼지를 털어 다시 보관하세요.

그리고 다용도실처럼 작은 창고는 없지만 여러 가지 물건들을 정리해야 한다면 이런 방법을 사용해 보세요. 인테리어 가구 전문 업체인 이케아IKEA(www.ikea.com)에서 조립식 시스템 가구와 선반을 판매하고 있어요. 쓸 만한 가구를 구입해 집 안에서 빈 공간을 다용도실처럼 꾸밀 수 있잖아요. 아파트 화단이나 정원에(아파트 관리인에게 먼저 물어보셔야 할 거예요) 창고를 마련할 수도 있고, 벽면 한쪽에 가벽을 세워 잡동사니를 수납해도 되고요.

똑똑한
쓰레기통

예전에 사용하던 커다란 양철 쓰레기통 기억하세요? 그런 쓰레기통은 추억의 물건이 되고 말았죠. 이제 폐기물을 한 쓰레기통에 버리던 시대는 끝났잖아요. 여러분도 제가 한 것처럼 여러분의 주방을 친환경 공간으로, 조금 더 정확히 말하면 주방에 '복합 쓰레기통'을 마련해 보세요.

재활용을 편리하게 하려면 알루미늄과 유리, 플라스틱, 종이, 유기 폐기물을 분리해서 모아야 해요. 그런데 쓰레기를 종류별로 나눠 담을 통이 마련되어 있지 않으면 주방과 베란다에서 비닐봉지와 유리병, 캔, 신문이 여기저기 돌아다니겠죠. 효율적이고 가격도 저렴한 분리수거함을 구매할 수도 있고, 기존 주방에 설치할 수 있도록 고안된 수거함도 있어요.

종이 쓰레기는 이렇게 처리해요. 신문과 잡지를 차곡차곡

쌓아서 끈으로 묶은 뒤에 분리수거용 박스에 보관해요(하지
만 굳이 종이용 쓰레기통을 따로 마련할 필요는 없어요). 건전
지나 다양한 종류의 배터리는 따로 수거하는 곳에 버리고(근
처 주민센터나 마트에도 폐건전지를 수거하는 공간이 있어요),
유통기한이 지난 약품도 약품 수거가 가능한 약국으로 가져
가세요.

기타 쓰레기 분리수거나 처리에
관한 정보는 대한민국 정부 포털
(www.korea.go.kr)의 생활플러
스 항목을 찾아 살펴보세요.

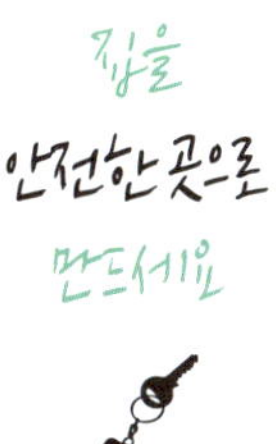

집에 있을 때는 그 어떤 걱정이나 이유 없는 근심, 혹은 두려움 없이 자신과 가족들이 안전하다는 안도감을 느껴야 해요. 저는 얼마 전에 집을 구석구석 점검하고 제가 조금 더 안정감을 느끼려면 무엇을 해야 할지 메모하면서 하루를 보냈어요. 저는 혼자 살기 때문에 위험하지 않은 환경이 반드시 필요하다고 생각해요. 그래서 어느 곳을 점검하고 손대야 하는지 정리해 봤어요.

전기 집이 노후했다면 전기 기술자를 불러서 전기 설비를 '정상'적인 상태로 만드세요. 먼저 피복이 벗겨진 전선이 한 군데라도 있으면 안 돼요. 특히 어린아이들이 있는 집에서는 욕실과 같은 곳에 안전하지 못한 전선이 있을 경우 생명과 직결될 수 있는 문제거든요. 전선이 마모된 오래된 전등은 전선을 갈거나 아예 새것으로 교체해야 해요.

화재 공동주택에는 소화기가 비치되어 있어야 해요. 저희 집에는 분사형 수동 소화기가 있는데 사용하기 아주 간편하더라고요. 가전제품이나 가스 오븐, 전기 부품 등에 불이 붙은 것을 확인했을 때 곧바로 사용할 수 있을 것 같아요.

보일러 보일러는 매년 점검을 해야 해요. 오랫동안 집을 비울 때는 보일러를 꺼 두시는 게 좋고요.

경보 시스템 경보 시스템이 있으면 확실히 도둑이 들 확률이 낮아져요. 도둑이 침입했을 때 경보가 울리면 자신의 존재가 노출됐다는 것을 알고 도망가니까요. 하지만 경보 시스템은 아주 민감한 기계라서 간혹 무엇인가를 잘못 감지해서 경보가 울리는 경우도 많아요.

마지막으로 권하고 싶은 것은 불의의 '방문객'을 차단하라는 거예요. 잠깐 동안 집을 비울 때도 현관과 각 방의 창문,

베란다 창문까지 모두 다 잠그세요. 열쇠는 절대 현관문 밖에 감춰 두지 마시고요(예를 들어, 화분 같은 곳에 넣어 두지 마세요). 도둑들은 열쇠를 감출 만한 장소를 다 꿰고 있거든요. 초인종이 울리면 문을 열기 전에 '누구세요?'라고 물어보세요. 그리고 문구멍으로 누구인지 확인하고, 문에는 사슬이나 스틱 형태로 된 잠금 장치를 하나 더 달아 두시고요.

장기간 집을 비울 때 창문이 항상 닫힌 상태면 누구나 빈 집이라는 것을 알아채겠죠? 이런 경우에는 이웃들에게 집을 비운다는 것을 미리 알리세요. 자동응답기에 여러분이 언제 집을 비우는지 녹음해 두지 마시고요. 침실에서는 손이 닿는 거리에 휴대전화를 두고 자야 해요. 협탁 옆에는 항상 비상시에 필요한 전화번호를 적어 두고요. 범죄 신고는 112, 긴급 구조 신고는 119랍니다.

이사를 계획하려면 시간적인 여유를 충분히 잡아야 해요. 짐은 적어도 한 달 전부터 싸기 시작하세요. 이사 업체는 두세 군데 정도 알아보고 예산을 정하시고요.

이사 업체에게는 항상 계약서를 받아야 해요. 그래야 손해가 발생했을 때 법률로 지정한 손해배상을 요구할 권리가 생긴답니다. 짐을 싸는 데 필요한 시간을 계산하세요. 다양한 크기의 박스와 박스 테이프, 스티커, 깨지기 쉬운 물건을 쌀 신문지나 티슈페이퍼도 준비하세요. 인터넷으로 구입할 수도 있고, 여러분이 선택한 이삿짐센터에 요청하면 박스와 테이프 정도는 미리 갖다 줄 수도 있을 거예요. 요즘은 물건을 싸고 푸는 것까지 맡아서 해

이삿짐센터의 가격을 비교하는 사이트가 몇 군데 있는데요. www.24mall.co.kr, www.2424.net 등에 들어가면 확인하실 수 있어요.

주는 포장이사 전문 업체를 이용하는 경우도 많아요. 그래도 이삿짐은 꼼꼼히 챙겨야겠죠.

박스에 짐을 넣을 때는 무거운 것을 먼저 넣고 가벼운 것은 위쪽에 오도록 하세요. 그리고 혹시 이삿짐센터 직원들이 들지 못할 정도로 무거우면 곤란하니까 박스 하나당 무게는 되도록 30킬로그램을 넘기지 마세요. 이사도 하는 김에 이제까지 쌓아 놓고 보관했지만 정말 필요 없을 것 같은 물건들은 다 정리하세요. 그런 것들까지 가지고 가는 것보다는 버리는 게 나아요.

박스의 수를 세어 보고, 각 박스의 내용물 목록을 작성하세요. 정확히 기록해 놓을수록 나중에 더 수월하게 정리할 수 있어요. 액자와 가전제품을 포장할 때는 이삿짐센터 직원의 도움을 받으세요. 매트리스와 옷은 먼지가 묻지 않도록 비닐로 감싸는 것 잊지 마시고요.

그리고 사진을 찍어 두세요. 예를 들어, 책장에 꽂힌 책이나 그릇장에 도자기 그릇이 배치된 모습을 사진으로 찍어 두고 순서대로 손상되지 않게 박스에 포장하면, 새 집에 도착했을 때 이삿짐 직원들이 사진을 보고 원래 있던 자리에 금방 정리할 수 있어요. 제 경우에는 책도 가나다 순서대로 그대로 꽂아 주었더라고요.

　다른 지역으로 거주지를 이전할 때는 여러 기관과 단체에 통보해야 해요. 기본적으로 전입신고를 해야 하고 전기세, 가스요금, 수도세 처리 및 이전을 위해 각 지역 전기회사와 가스회사, 상수도 사업본부에도 연락을 해야 하죠. 그리고 가정용 대형폐기물 처리를 위해 해당 구청에 신고를 해야 해요. 그 밖에 여러분이 살던 집에서 사용하던 다양한 서비스 업체 사무소에 전화해서 서비스 중단 신청을 꼭 하셔야 해요. 살던 집으로 계속 고지서를 보내면 재발송 신청을 해야 해서 시간이 낭비될 수 있어요.

우편물이 자동으로 새 주소지로 오게 할 수도 있어요. 우체국에서는 거주지를 옮기면 3개월 동안 우편물을 새 주소로 발송해 주는 아주 유용한 서비스를 제공하고 있어요. 이 서비스의 이름은 '주소이전서비스'인데요. 이를 신청하면 이전 주소지로 발송된 편지나 소포를 새 주소지에서 받을 수 있어요. 서비스 신청은 가까운 우체국이나 우체국 홈페이지(service.epost.go.kr)에서 가능해요.

뒤죽박죽
옷장에서
나만의
스타일 찾기

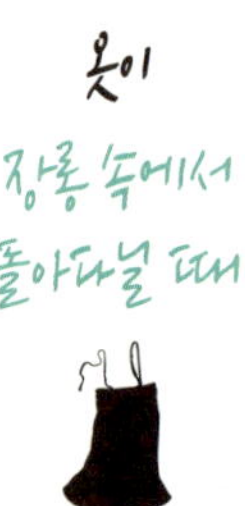

우리 여자들은 우울함이 극에 달하면 기분 전환을 위해서 쇼핑을 하는 일이 허다하죠. 친구와 약속을 잡고 예쁘게 차려입고 화장을 하고 외출을 하면 일시적으로 우울한 기분이 해소가 돼요. 그것이 우울함을 달래는 좋은 방법인 것은 저도 잘 알아요. 그런데 이럴 때 우리는 무엇을 사게 될까요? 제가 아는 몇 명에게 물어보니 이럴 때의 쇼핑은 옷과 화장품을 구입하는 것 이상이라고 하더라고요. 이때 사는 물건은 우리 내면의 깊숙한 곳에 들어온 수많은 골칫거리와 책임감의 무게에 지나치게 부담을 느끼고 있는 마음을 다시 균형 있게 바로잡아 주는 거예요.

그런데 우리가 구입하는 물건들은 사실 대부분 당장 필요한 것들은 아니에요. 그래서 장롱 속에는 필요에 의해서가 아니라, 우울함을 달래기 위해 선택한 물건들이 들어차게 되는 거죠. 아마 휴가를 간 곳에서 무거운 카디건이나 짧은 인조 모피, 혹은 너무 길거나 두꺼운 알록달록한 머플러를 둘러봤을 거예요. 왜냐하면 8월 휴가 기간 동안 겨울 상품을 구입해야 한다는 것을 누구나 알기 때문이죠. 이 무렵이면 상점들은 가을, 겨울 신상품들을 진열해 놓고 수천 가지 유혹적인 말을 내뱉으며 호객을 하고, 어느새 우리는 옷 한 벌을 몸에 대 보며 거울 앞에 서 있게 돼요. 이제까지는 목이 너무 파여서 한 번도 시도해 본 적 없는 그런 옷을요. 사실 그 옷을 살 당시에는 자신이 너무 섹시하게 느껴지고 자신감까지 높죠.

제 장롱 속에는 너무 길거나 지나치게 짧은 스커트 여러 벌과 벼룩시장에서 산 뒤에 딱 한 번 입었지만 너무 초라하고 후줄근해서 그냥 처박아 둔 빈티지 드레스 두 벌이 들어 있어요. 그뿐만이 아니죠. 구슬 장식이 주렁주렁 달렸거나 자수가 많이 들어갔거나 밑단이 너무 화려한 청바지도 여러 벌 있어요.

사실 장롱 속을 잘 살펴보면 몇 년 동안 한 번도 입지 않은 옷들로 가득 차 있을 거예요. 그러면 이렇게 우리 마음을 사로잡지 못한 옷들을 어떻게 해야 할까요? 언젠가 마음이 변해 한 번은 입게 될 날을 기다려야 할까요? 저는 과감히 치우라고 제안하고 싶어요. 혹시 달라는 친구들이 있으면 선물로 주세요. 친구들과 편안한 시간을 보낼 때 자연스럽게 "너 이 옷 마음에 들어? 난 이제 안 입는데, 너 입고 싶으면 가져" 하는 식으로 친구가 기분 상하지 않게 선물하세요. 그리고 중고 옷과 물건을 다시 유통시키는 벼룩시장도 많아요. 이런 시장에서는 쓸 만한 물건을 버리는 게 신성모독이 될 수 있어요. 하지만 옷장 속을 청소하는 것은 신성한 의무예요. 장롱 속에만 처박혀 있다가 곰팡이가 슬어 버리게 될 수도 있으니까요.

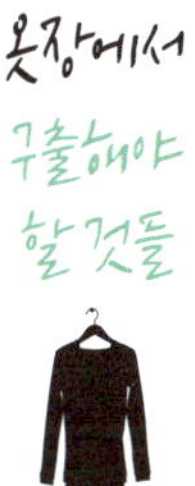

무더운 여름 휴가철이 끝나고 상쾌한 바람이 부는 시기를 프랑스에서는 랑트레 rentrée(새 학기, 새로운 시즌의 시작을 말해요)라고 불러요. 이때가 되면 모두들 다시 일터와 학교로 돌아가고, 여름내 문을 닫았던 상점들도 문을 열고 도시는 활기를 되찾아요. 그리고 서서히 겨울을 맞을 준비를 시작하죠. 패션 분야도 마찬가지예요. 여자들은 가을이 시작되면 머리부터 발끝까지 자신을 새로 꾸미고 싶은 유혹에 사로잡히잖아요. 사실 이런 유혹은 견디기 어려워요. 상점마다 쇼윈도에 신상품을 선보이고, 너무 마음에 들어서 사고 싶은 것들이 넘쳐나게 되죠. 하지만 저는 매년 입던 재킷과 스웨터, 코트를 버리기 전에 제 자신에게 이렇게 물어요. "어떤 것을 구원해야 할까?" 그리고 옷장을 한참 들여다보고 있으니 한 철 이상 더 입을 수 있는 한결같은 아이템들이 있더라고요. 제 옷장 속에 어떤 것을 보관하고 있는지도 알려 드리고, 어떤 아이템을 구원해야 하는지 알려 드릴게요.

무릎길이 스커트(A라인 스커트와 펜슬 스커트)는 상황에 따라 부츠에 매치해도 되고 우아한 저녁 식사를 하러 갈 때는 하이힐과 맞춰 입을 수도 있으니 갖고 있어야 해요.

주머니 다섯 개짜리 청바지는 절대 버리지 말아야 할 기본 아이템이에요(일반적인 리바이스 청바지가 대표적이죠).

보이핏 화이트 셔츠는 언제 입어도 완벽한 옷이에요. 어떤 액세서리를 코디하느냐에 따라 분위기가 확 바뀌는 아이템이죠.

파란색이나 검은색의 슬림한 롱코트와 기본 스타일의 카멜 색 코트는 언제나 단정한 느낌을 주죠. 모자나 머플러로 포인트를 주면 조금 더 생동감 있고 새로운 느낌으로 입을 수 있는 아이템이에요.

무릎길이의 굽 높은 부츠는 어떤 길이의 스커트에도 다 잘 어울려요. 바지에 신을 짧은 부츠도 절대 포기할 수 없고요.

이 다섯 가지 기본 아이템 외에 유행에 맞춰 멋진 옷을 몇 벌 선택하면 우리의 옷장은 더 풍요로워질 거예요. 요즘 강세를 타고 있는 아이템들을 알려 드릴게요.

- 1970년대 분위기를 풍기는 타탄체크 미니 주름 스커트.
- 허리선 기장의 짧은 검은색 다운재킷. 추위를 많이 타는 편이면 발목까지 내려오는 롱재킷을 선택하셔도 돼요.
- 터틀넥 스웨터나 하이넥 스웨터.
- 활동적인 바지나 여성스러운 스커트와 매치할 짧은 기장의 보이핏 트위드 재킷.
- 저녁 외출용으로 가슴까지 깊이 파인 긴 원피스와 우아한 테일러드 재킷 안에 입을 탑 한 장.

쇼핑에서 실수하지 않으려면 토요일 오전에 매장을 일단 한 바퀴 돌아보고 살 물건을 결정하세요. 여러 상점의 쇼윈도에 진열된 옷들을 꼼꼼히 살펴보면 새로 유행하게 될 스타일은 어떤 것인지, 또 여러분에게 정말 필요한 것은 무엇인지 감이 올 거예요. 그때 제일 마음에 드는 아이템과 입고 싶은 옷을 결정하세요. 아마 여러분이 본 그 많은 옷들 중에서 한두 개 정도 사게 될 거예요.

아끼는
오래된
청바지

예전에 입던 청바지들은 잘 망가지지 않아요. 우리가 그토
록 아끼고 좋아하는 오래된 청바지는 기본적으로 그런 장점
을 갖고 있죠. 그래서 옷장 속에는 우리의 인생을 그대로 담
은 각 시대별 유행 데님들이 자리를 차지하고 있어요. 바지
통이 일자로 쭉 뻗은 스트레이트 진부터 코끼리 다리가 들어
가고도 남을 힙합 진, 오버올, 그리고 무릎 기장의 버뮤다까
지 거의 다 한 장씩은 갖고 있을 거예요. 저도 믿기 힘들만큼
데님 의류가 많아요. 파란색은 말할 것도 없고 흰색부터 검
은색, 빨간색, 베이지 색, 빛바랜 갈색까지 거의 없는 색깔이
없어요.

　며칠 전에는 여름옷을 주로 넣어 두는 옷장을 정리하려다
가 데님들이 너무 자리를 많이 차지하고 있다는 생각이 들더

군요. 우리 여자들의 장롱 속에는 수많은 아이템들이 있지만 그중에서 대미를 장식하는 것은 결국 더 이상 입지 않는 데님일 거예요. 솔직히 데님을 그렇게 많이 갖고 있을 필요는 없는데 말이죠. 그러니까 일단 도저히 이별할 수 없을 것 같은 데님부터 골라 놓는 것으로 정리를 시작하세요. 패션 잡지를 참고해서 유행하는 모델을 선택하는 게 좋겠죠. 다양한 패션 정보를 보면 오래된 청바지라도 워싱을 한다든지, 요즘 유행하는 스타일에 따라 짧게 자른다든지 해서 현대적인 청바지로 리폼하기 쉬울 거예요.

긴 바지를 반바지나 버뮤다 기장으로 수선할 때는 밑단 처리를 세심하게 해 주세요. 얼마 전에는 밑단이 너덜너덜하게 풀린 것이 굉장히 유행했지만 요즘은 그런 디자인은 거의 나오지 않아요. 여러분은 가죽이나 비즈 같은 것을 밑단에 대서 세련되게 입으세요. 또 다른 한 벌은 작게 조각을 내서 파란색이나 베이비 블루 색상 스웨터 팔꿈치의 낡은 부분(혹은 구멍난 곳)에 덧대세요. 아니면 청바지 여러 벌을 작게 조각 내어 패치워크 이불이나 카펫을 만들어도 멋있어요. 만드는 과정도 무척 재미있고요.

또 한 가지, 청바지를 쉽게 재활용하는 방법은 바지 두 개로 발목 길이의 롱스커트를 만드는 거예요. 바지 하나는 가랑이 안쪽 부분의 박음질을 뜯어내고, 다른 한 벌은 먼저 뜯어낸 가랑이 부분을 채울 수 있도록 삼각형 모양으로 자른 후에 연결만 해 주면 돼요. 그리고 흰색이나 검은색 청바지 조각은 튼튼하고 예쁜 가방으로 재탄생할 수 있어요(가방을 만들 경우에는 세탁소 같은 곳에 박음질을 해 달라고 부탁해 보세요). 리폼과 재활용에 대한 열의가 식기 전에 데님 원단을 이용해서 멋진 액자틀도 만들어 보세요. 나무 조각을 청바지 원단으로 감싼 다음 네모난 틀 모양으로 붙여도 되고, 유행이 지난 낡은 액자에 원단을 감싸도 멋진 작품이 될 거예요.

그리고 오래된 청바지를 정리할 생각이 없다면, 저처럼 옷 수선점에 가지고 가서 스티치 실의 색깔만이라도 바꿔 달라고 해 보세요. 스티치 선의 색깔만 바뀌어도 기대 이상의 효과를 볼 수 있답니다. 아니면 잘 안 입게 되는 데님의 평범한 파란색을 하얗게 탈색시키는 방법도 있어요. 물론 친환경적인 염색법을 사용해야겠죠. 탈색 방법은 아주 간단해요. 달걀 여러 개의 껍데기를 잘게 부숴 주머니에 넣은 다음 세탁할 물에 넣어 두기만 하면 돼요. 손으로 하든지 세탁기를 사용하든지 상관없어요. 어떻게 하든지 탈색 효과는 똑같이 나온답니다. 욕조에 약간의 물을 받아 놓고 소금을 충분히 푼 다음, 청바지를 네다섯 벌 넣어 담가두기만 해도 달걀껍데기를 사용했을 때와 똑같은 효과를 얻을 수 있어요.

저는 얼마 전에 뉴욕에서 케이트 스페이드Kate Spade 브랜드의 가방을 하나 샀어요. 예쁘고 깔끔하고 공간도 많이 차지하지 않는 가방이지만, 가방을 사는 순간 집 안 여기저기에 돌아다니는 가방들을 모두 정리해야겠다는 생각이 들었어요. 그래서 저는 곧바로 제가 갖고 있는 가방들을 모두 꺼냈죠. 쇼핑백도 정리를 해야 할 것 같아서 모두 내놨어요. 꺼내 놓고 보니 가죽 가방 여러 개와 구식 디자인의 악어가죽 가방, 새틴 소재가 대부분인 디너파티용 클러치 수십 개, 배낭, 손잡이가 긴 백도 여러 개, 짧은 것도 수없이 나오더군요. 해수욕장에 갈 때 메려고 산 라탄 소재와 투명한 비닐 가방과 천 가방도 수두룩하고요.

이게 말이나 되나요? 집에 있는 가방의 디자인만 해도 족히 32가지는 되더군요. 놀라실 것 없어요. 여러분도 집에 있는 가방을 전부 꺼내 보면 비슷할지 몰라요. 왜냐하면 가방도 구두와 비슷하거든요. 언젠가는 유행이 다시 돌아올 것 같은 생각도 들고, 애착도 가고, 그래서 결국 옷장에게 선물을 하죠. 그리고 십중팔구 그 가방들은 다시 옷장 밖으로 나오지도 못해요. 저 같은 경우, 시내에서는 자전거를 많이 타기 때문에 편하게 등에 메는 배낭을 자주 이용하는데, 격식 있는 자리에 가야 할 경우를 대비해서 핸드백을 배낭에 넣어 가지고 다녀요. 그렇게 하면 갑작스러운 상황이 닥쳤을 때 정말 유용한 것 같아요.

만일 제가 양귀비와 수레국화가 수놓인 커다란 밀짚 쇼퍼백을 들고 다닌다면 어떨까요? 그런 가방이 예쁘지 않은 것은 아니지만 실제로 사용하기는 힘들어 보여요. 제가 힙합에 빠져 있던 시기에 유행하던 가방은 어떨까요? 어깨에 메는 끈은 위빙이고, 거울과 함께 에스닉 무늬가 수놓인 그런 배낭 있잖아요. 어떤 가방에는 제가 18살 때 갖고 다니던 전화번호 수첩도 들어 있더라고요. 오래전 것을 찾으니 얼마나 기분이 좋던지요! 하지만 추억은 나중에 떠올리기로 하고, 가방을 전부 가지고 나와 반나절 정도 햇볕을 쬐었어요. 그

CHANEL
PRADA
MILANO
GUCCI

리고 깨끗한 비닐 봉투에 넣어 자선 단체에 가져갔죠. 그렇게 했더니 옷장 한 칸이 완전히 비었고, 집 안에서도 더 이상 옷걸이에 걸려 있거나 의자에 걸쳐 있거나 탁자나 문손잡이에 걸린 가방이 모두 사라졌어요. 가방을 정리하고 나서 편안하게 살려면 정말 욕심 없이 필요한 물건만 가지고 살아야 한다는 것을 깨달았죠. 많으면 많을수록 좋을 것 같지만 사실은 정반대예요.

제 생활신조는 새로운 것을 사려면 오래된 것을 버려야 한다는 거예요. 몇 개 되지 않지만 예쁜 것을 갖고 있는 편이 평범한 것 여러 개보다 나은 것 같아요. 이런 신조는 가방에도 해당돼요. 참, 잊을 뻔 했네요. 쇼핑백도 버리세요. 프라다나 아르마니 같은 명품 브랜드 쇼핑백은 왠지 보관해야 할 것 같잖아요. 저도 그런 쇼핑백이 심각할 정도로 많았어요. 하지만 이제는 다 버리고 창고 수납장 한 칸을 완전히 비웠답니다.

시간을 절약하는 간단한 팁

커다란 빅백은 참 멋있죠! 가방 안에 이것저것 많이 넣을 수도 있고요. 하지만…… 가방이 크면 필요한 것을 금방 찾기는 힘들어요. 분명히 저만 그런 것은 아닐 거예요. 그래서 가방 안에서 무엇이든 금방, 그리고 정확하게 찾는 데 도움이 되는 방법을 궁리했어요. 바로 파우치를 이용하는 거예요. 저는 예쁜 파우치 네 개를 사서 첫 번째에는 집 열쇠며 사무실 열쇠를 비롯해 모든 열쇠를 담았어요. 두 번째에는 명함과 이런저런 메모지를 넣었고, 세 번째에는 화장품을 넣었어요. 그리고 마지막 파우치에는 동전을 넣어서 갖고 다닌답니다.

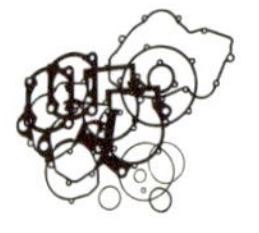

헤어진 애인에게서 받은 반지와 별로 마음에 들지 않았던 남자가 구애를 하며 선물한 귀걸이, 배신한 여자 친구가 준 팔찌 같은 것들을 그냥 갖고 있기는 부담스럽죠? 그런 것들은 주저하지 말고 처분하세요. 믿을 만한 보석상이 없다면 친구들한테 아는 보석상이 있는지 물어보세요. 이럴 때는 오히려 소규모 보석가게가 더 나을 수 있어요. 처분하고 싶은 보석들을 보석상에 가지고 가서 정확히 그램 단위로 중량을 측정해 달라고 하세요.

보석의 양이 어느 정도인지 알았으면 두 번째 단계로 넘어가야죠. 금이든 은이든 다 녹여서 새로운 디자인의 보석을 만들어 달라고 하세요. 뭔가 영감을 불어넣고 싶다고요? 그럼 보석을 착용한 여배우나 여러 박물관에 전시된 보석 사진

을 모아서 참고하세요. 감각이 있는 분이라면 직접 디자인을
해도 좋고요. 보석상에서도 여러분의 지시에 맞춰 최대한 세
공술을 발휘할 기회를 갖게 된 것을 기쁘게 생각할 거예요.
새로운 디자인을 만들 때는 매 공정마다 여러분의 개인적인
의견이 참고되어야 해요. 여러분만의 귀한 보물을 탄생시키
는 데 일조했다는 기쁨도 굉장히 클 거예요.

또 다른 방법으로도 보석을 처분할 수 있어요. 예를 들어,
오른쪽을 잃어버리고 왼쪽만 남은 귀걸이를 다른 용도로 사
용해 보는 거죠. 귀걸이에 고리를 달아서 얇은 백금 목걸이
에 끼우면 귀여운 펜던트가 돼요. 저는 너무 오래된 장신구
들이 있어서 친구들에게 선물을 했답니다. 특별한 일이 있을
때 개인적으로 소중했던 보석을 딸이나 언니, 동생 혹은 친
구에게 선물하는 것도 참 좋은 것 같아요. 선물을 할 때는 보
석을 깨끗이 세척하고 광을 내서 심플하고 세련되면서도 정
성스럽게 담을 수 있는 작은 상자를 마련하는 게 좋겠죠. 단,
건네면서 보석의 출처를 분명히 밝혀야 해요. 적어도 "내가
갖고 있던 건데 너한테 주면 좋을 것 같아서 선물하는 거야.
네 마음에 들면 좋겠어"라면서 새것이 아니라는 정도는 알려
야 할 거예요.

우리는 계절이 바뀔 때마다 마음만 조금 굳게 먹으면 생활이 얼마나 간편해질 수 있는지 깨닫게 돼요. 하지만 무엇인지 모를 것에 떠밀려 수납장에 더 이상 필요하지도 않은 물건들을 산더미같이 쌓아 놓죠. 예를 들어, 신발도 그중 하나예요. 신발을 한 켤레, 한 켤레 비닐에 곱게 싸서 혹시 악취라도 생길까 봐 동그란 나프탈렌까지 하나씩 넣어 상자에 두잖아요. 하지만 나중에 다시 꺼내 보면 유행이 지나서 그런지 그렇게 예뻐 보이지 않아요. 그런데도 버리고 싶은 마음은 좀처럼 안 생기죠. 오히려 '혹시 몰라서' 다시 잘 싸서 원래 있던 자리에 갖다 놓죠.

이제는 정확히 무엇인지도 모르는 애착에서 벗어나야 해요. 요즘처럼 과감한 선택이 지배하는 시대에 그렇게 매달려 있는 것은 시대에 뒤처진 태도예요. 현대를 살아가는 우리는 살림이며 옷이며 음식을 쌓아 두지 말고 쓸데없는 물건을 정리해서 집을 비우는 법을 다시 배워야 해요. 우리는 겨우살이를 준비하는 개미가 아니잖아요. 그러니까 묵혀 둔 신발들은 전부 다 버리고 이멜다 마르코스 신드롬에서 벗어납시다. 이멜다 마르코스Imelda Romualdez Marcos를 아시나요? 종류와 디자인을 따지지 않고 구두라면 무조건 사 모았던 필리핀 전 대통령의 부인이랍니다.

신발을 치워야 하는 첫 번째 이유는, 우리는 이멜다처럼 구두 전시만을 위해 운동장만한 방을 네 개나 사용할 수 있는 대저택에 살고 있지 않기 때문이에요. 일반적으로 우리가 사는 집은 점점 더 좁아지기만 해서 공간을 엄격하고 합리적으로 활용해야 해요.

두 번째 이유는, 신발은 형태가 쉽게 변하고 금방 악취가 나기 때문에 자주 바꿔 줘야 해요. 그리고 솔직히 말해서, 가지고 있는 그 많은 신발들을 한 계절에 몇 번이나 신겠어요? 결정적으로는 대부분의 경우 제일 편하고 마음에 드는 신발만 신고 다니잖아요. 옷도 그렇고요. 그러니 수납장과 상자, 신발장에 들어 있는 신발들을 꺼내서 목록을 만들기 시작하세요. 미련을 두지 말고, 세탁기로도 세탁이 안 되어 고무와 땀 냄새가 뒤섞인 냄새를 풍기며 주머니 속에 넣어 놓은 운동화들을 과감히 버리세요. 발가락 모양이 그대로 튀어나오고 신발 안쪽도 닳은 가죽 구두도 버리시고요. 그리고 앞코가 뾰족하고 이제는 유행을 거스르는 디자인의 신발도 다 없애세요. 마음에 쏙 드는 신발이고 언젠가 유행이 다시 올 거라는 생각에 모셔 두고 있지만 당장 신기에는 너무 고리타분해 보이죠? 유행은 절대 반복되지 않아요. 설사 복고 스타일이 잠시 되돌아온다 해도 언제나 새로운 무엇인가 추가되어 약간씩 바뀌어요.

필요한 신발 몇 켤레만 남기세요. 매일 신을 신발은 두 켤레, 혹은 최대 세 켤레면 충분해요. 거기에 여가활동을 할 때 신을 신발 한 켤레, 그리고 저녁 외출 때 신을 구두 한 켤레만 추가하세요(하이힐이든 낮은 굽의 플랫슈즈든 여러분의 취향에 따라 선택하세요). 그이가 선물한 신발은 너무 예쁘고 편해서 도저히 버릴 수 없다면, 끈이라도 바꿔 끼우고 구두 수선점에 가서 형태도 바로잡고 가죽에 광택제도 발라서 보관하세요.

며칠 전 서랍장 첫 칸에 들어 있는 것들을 꼼꼼하게 뒤져 봤어요. 작은 주머니와 상자들이 가득하더군요. 제 보석들이 담긴 상자와 주머니예요. 처음에 살 때 담았던 그대로 포장만 조금 벗긴 채로 서랍에 넣어 놨었죠. 보석 몇 개는 뚜껑도 덮지 않은 큼지막한 상자에 몰아서 담아 놓기도 했고요. 그게 어때서 그러냐고요? 아침에 회사에 늦어 바쁜 와중에도 하고 싶은 반지나 목걸이를 찾아 헤매느라 시간을 더 뺏기고 말죠. 한참을 궁리하다가 액세서리를 금방 찾을 수 있도록 몇 가지 기준을 가지고 정리하기로 했어요. 또 친구가 아주 기발하게 정리하는 방법을 알려줬거든요. 결국 제가 어떻게 정리했는지 알려 드릴게요.

우선 상자에서 보석들을 다 꺼냈어요. 그리고 팔찌와 반지, 목걸이를 종류별로 나누고, 또 스타일별로 구분했어요. 예를 들어, 진주가 세팅된 것과 스톤이 박힌 것들, 앤티크 스타일과 에스닉 스타일, 그렇게 구분했어요. 그리고 제일 귀중한 보석들은 안전한 장소에 보관하려고 따로 모아서 상자 하나에 조심스럽게 정리했죠. 이 보석들은 가족 행사처럼 특별한 날에만 착용하거나 개인적으로 아주 중요한 추억이 담긴 것들이에요. 대부분 이렇게 집안의 '가보'가 될 만한 물건은 금고에 넣어 두잖아요. 저는 은행 안전 금고에 맡기는 편이 더 나은 것 같아요.

분실의 위험이 있기는 하지만 몇 가지 보석은 손이 잘 가는 곳에 보관해요. 매일 착용하는 것들은 상자에 넣어서 서랍장 위에 올려뒀죠. 이 상자에는 주로 시계와 팔찌, 그리고 일주일 동안 번갈아 착용하는 목걸이들이 들어 있어요.

한편, 작은 장신구는 색다른 방법으로 정리했어요. 벼룩시장에서 도금된 낡은 액자 하나를 구입해서 액자 크기에 맞춰 코르크판을 자른 다음 리넨 천을 덮어서 끼웠어요. 그리고 코르크판에 작은 고리들을 줄을 맞춰 나란히 꽂았죠. 이 고리에 목걸이와 팔찌, 귀걸이를 걸어 뒀어요. 이렇게 여러 가지 액세서리가 한눈에 보이는 액자를 협탁 근처에 놓으니 외출하기 전에 그날의 분위기와 제일 잘 어울리는 액세서리를 금방 고를 수 있더라고요. 게다가 이 액세서리 액자는 인테리어 소품으로도 활용할 수 있어요. 어떤 액세서리를 걸어 놓느냐에 따라, 그러니까 어떤 색상과 어떤 모양의 액세서리를 걸어 놓느냐에 따라 매일 다른 분위기가 연출될 수 있죠.

저는 욕실 거울도 보석걸이로 사용해요. 욕실에 황동 소재 봉 두 개를 세로로 나란히 벽에 붙이고 그 위에 둥근 거울을 고정해 놓았거든요. 양쪽 봉에 달린 못에 목걸이를 몇 개 걸어도 일석이조의 효과를 얻을 수 있어요. 목걸이가 거울에 달려 있으니 수납 효과도 있고, 아침에 옷과 제일 잘 어울리는 목걸이를 찾기도 쉬워요. 또 거울 양 옆의 빈 공간에도 욕실 타일과 같은 색상으로 작은 고리를 걸 수도 있어요. 보통은 욕실 벽에 수건을 걸지만 저는 여기에 보석을 걸어 둔답니다.

대체 속옷이 얼마나 많은 거야!

사랑하는 여성 독자 여러분, 저는 여러분이 낡고 오래됐지만 선뜻 버리지 못하는 브래지어를 입고 다니면서 "보이지도 않는데 뭐"라는 말은 하지 않았으면 좋겠어요. 생각해 보세요. 진정한 여성스러움은 눈에 보이지 않는 모든 것에서 통틀어 나오는 거예요. 그게 바로 여성의 신비로움이고 매력이죠. 물론 섹시한 원피스가 첫눈에 보기에는 매력적일 수 있어요. 하지만 보자마자 이거다 싶은 확신이 드는 완벽한 속옷만이 자신감과 누군가를 유혹하고 싶다는 욕구를 불러일으켜요. 그런 경험을 해 보지 못한 여자는 아마 없을 걸요? 특별한 란제리를 입었을 때의 마력은 그 누구도 거부하기 힘든 매력을 충전해 준답니다.

속옷 이야기를 하다 보니 한 가지 떠오르는 게 있네요. 몇 년 전에 캘빈 클라인Calvin Klein이라는 이름이 들어간 속옷을 입고 싶어서 안달이 난 여자들이 많았어요. 당시에는 이탈리아에서 그 속옷을 구할 수 없어 뉴욕에 가는 친구가 있으면 모두들 딱 그 한 가지만 부탁했어요. "나 CK 팬티랑 러닝셔츠 좀 사다 줘." 요즘은 없는 게 없기에 선택만 하면 되지만, 문제는 속옷 가게에 진열된 것을 봤을 때 이성을 잃고 구매하고는 딱 한 번 입고 더 이상 손이 가지 않아 서랍장에서 자리만 차지하는 속옷이 너무 많아진다는 거예요. 보기에는 예쁘지만 레이스는 가렵고 슬립은 불편한데다 바지나 딱 맞는 스커트를 입을 때는 '표시'가 나기 때문이죠. 여러분은 어떤지 모르지만 저는 거의 그래요.

그래서 지난 토요일, 오랜만에 비도 오기에 맹렬한 기세로 서랍장에 있는 것들을 뒤지기 시작했어요. 저는 날씨가 좋지 않으면 항상 집에만 있게 되는 것 같아요. 그런 날을 이용해서 집 청소도 하고 필요 없는 물건들도 이것저것 정리하죠. 제 속옷 서랍에는 주로 브래지어와 팬티, 내복, 러닝셔츠, 양말, 스타킹 같은 것들이 들어 있어요. 여러 종류의 속옷을 넣어 놓다 보니 서랍 속이 질서 있게 정리되기 힘들 때가 가끔 있었죠. 속옷 서랍은 마치 다시 풀 수 없을 정도로 엉킨 실타래 같았어요. 하지만 인내심을 가지고 전부 다 비웠죠. 모두 꺼냈더니 침대 위에 흰색과 회색, 검은색으로 뒤덮인 작은 겨울 산이 하나 생기더군요. 제 스스로에게 그 많은 속옷이 다 필요한지 물었고, 두 번 생각하지 않고 주저없이 '그건 아니지'라는 결론을 내렸어요.

일단 속옷을 종류별로 나누기 시작했어요. 그리고 낡은 것들은 대부분 버렸어요. 남은 것들을 가지런히 정리해서 넣으니 서랍이 절반 정도가 남더군요. 그걸 보니 속이 다 시원하고 정리하기를 잘했다 싶더라고요. 속옷도 어떤 것을 선택하는지가 중요해요. 단 몇 장을 가지고 돌려 입더라도 아주 유용하고 세련된 것을 선택해야 해요. 그렇지 않으면 쓸데없이 쌓아 놓기만 하고 여러모로 좋지 않아요.

브래지어를 예로 들어 볼게요. 브래지어는 착용감이 편해야 하는 것은 물론이고 유혹의 무기도 될 수 있어야 해요. 일반적으로 브래지어는 슬립 한 장 값의 두 배 정도 되죠. 그래서 저는 브래지어는 몇 개만 가지고 있되 구입할 때 아주 신중하게 선택해요. 제가 끝내 버리지 못한 속옷은 볼륨업 브라 하나와 추억이 담긴 할리우드 스타일 베이비 돌 슬립이에요. 적어도 하룻밤쯤은 매릴린 먼로나 도리스 데이처럼 섹시해지고 싶은 마음에 보관하고 싶더라고요. 그리고 신기하게도 이 두 개는 망가지지도 않고 아직도 불 꺼진 밤에 활기를 불어넣을 수 있을 정도로 예쁘답니다.

⏰ 시간을 절약하는 간단한 팁

가을이 시작될 때마다 장롱 속의 내의와 침구류를 정리하려고 해요. 무엇보다 한 번에 찾을 수 있도록 종류별로 나눠서 정리하죠. 예를 들어, 침대시트는 색상별로 나누고 다시 더블과 싱글 사이즈로 나눠요. 그 옆에는 베개 커버를 모두 모아 놓고요. 식탁보는 자주 바꿔 깔기 때문에 쉽게 볼 수 있는 자리에 둬요. 자주 꺼내지 않는 것들은 아래쪽에, 거의 매일 갈고 사용 빈도가 높은 것들은 위쪽에 두는 거죠. 식탁 매트는 어디에 두냐고요? 거의 식탁보와 세트로 세팅하니까 식탁보를 접을 때 안쪽에 넣어서 함께 보관하죠.

구찌Gucci의 4세대인 제가 이런 이야기를 쓰려니 뭔가 조금 어색하네요. 물론 저는 제 성의 앞자인 G 두 개가 엇갈려 있는 무늬의 아름다운 플로라 머플러를 절대 없애지 않을 거예요. 그런데 바로 지난주에 스카프와 머플러를 넣어 둔 서랍을 무심코 열어봤는데, 서랍 안이 답답할 정도로 가득 차 있는 것 같더라고요. 당연히 구찌의 꽃무늬가 들어간 멋진 실크 스카프도 있었지만, 스카프가 너무 많았어요. 피오 신부님의 모습이 담긴 촌스러운 것도 있더라고요.

머플러도 엄청나게 많더군요. 히피였던 시절에 두르고 다니던 머플러 몇 개는 한마디로 재미있었어요. 강렬한 색상의 실크부터 비즈가 잔뜩 달리고 인디언풍의 자수가 들어간 시폰 스카프까지 있더라고요. 그 서랍은 더 이상 필요 없는 복

고풍 액세서리 수집품들을 넣어 뒀던 서랍이거든요. 한참 뒤지다 보니 벨벳 리본도 나왔어요. 한때는 목에 벨벳 리본을 묶는 게 유행이었잖아요.

낡은 스카프부터 꽃무늬, 물방울무늬, 흰색, 검은색, 알록달록한 색의 행커치프도 끝도 없이 나오더군요. 예전에 매니저급 여성용 슈트와 바지 정장을 입고 슈트 포켓에는 항상 행커치프를 꽂고 다닌 적이 있어요. 또 어떤 때는 오드리 헵번을 따라 하는 것을 좋아해서 외출할 때 머리에 스카프를 얹고 목에서 두 번 감은 다음 등 뒤로 넘기고 다니기도 했죠. 요즘은 어떠냐고요? 요즘 정말 필요한 것은 예쁘고 추위도 막아 줄 수 있는 따뜻한 머플러와 이제는 거의 수집품 같은 개념으로 느껴지는 스카프예요. 저라면 여러 개의 스카프를 사느니 에르메스Hermès나 에트로Etro, 혹은 에밀리오 푸치Emilio Pucci 같은 브랜드의 제품을 한두 개만 마련할 거예요.

일단 서랍에 있는 것들을 모두 꺼내고 계속 보관하고 싶은 것들만 골랐어요. 딱 다섯 장만 남겼죠. 그 외에 나머지는 모두 쌓아 놨어요. 히피 스타일의 머플러들은 패치워크로 엮어서 사무실 쿠션 커버를 만드는 데 사용할 것 같아요. 사무실은 제가 그림을 그리는 공간인데, 쿠션이 아주 많고 커버도 자주 갈아 줘야 하거든요. 흰색과 파란색이 섞인 스카프와 흰색과 붉은색이 들어간 스카프는 바느질을 해서 속옷을 넣는 주머니를 만들 거예요. 비즈가 달린 시폰 스카프들은 조카에게 선물할 거예요. 그 애는 빈티지라면 정신을 못 차리니까 분명히 두르고 다닐 거예요. 피오 신부님의 얼굴이 들어간 스카프는 액자에 넣어서 신앙심이 아주 깊은 친구에게 선물하려고요. 스카프를 정리하기가 정 어렵다면 저는 리폼을 권하고 싶네요. 멋진 스카프는 평범한 정장 슈트를 생기 있어 보이게 하기는 해요. 하지만 절대 가방 손잡이에 묶지는 마세요. 그건 아주 오래전에 지나간 유행이랍니다.

오래된 사롱 활용하기

예전의 사롱(면, 명주 등을 염색해 허리에 두르는 의상)은 스카프처럼 생겼어요. 사롱은 자리를 많이 차지하지 않아서 서랍이나 옷장 속에 쌓아 두는 경우가 많죠. 거의 한 장도 버리지 않아요. 얼마 전에는 제가 가진 사롱을 전부 찾아냈어요. 인디언풍 사롱에서 에밀리오 푸치 스타일의 사롱, 리넨 소재의 하얀색 사롱, 오렌지 색 실크 사롱, 빈티지 사롱, 꽃무늬 사롱, 프릴 달린 사롱, 빛바랜 사롱까지 다 나왔죠. 세상에! 이 많은 천 조각들로 뭘 해야 할까요? 저는 두세 개 정도만 있어도 충분하니 나머지는 정리하기로 했어요. 밑단에 조개껍데기가 붙어 있는 파란색은 당연히 버렸고, 햇볕과 모래 때문에 색이 바랜 것들도 다 버렸어요.

그럼 나머지는 어떻게 했냐고요? 일단 전부 다 바닥에 펼쳐 놨어요. 그리고 이리저리 옮겨 보면서 무늬와 색상에 따라 어울리는 것들을 모아 놓았죠. 그리고 조화가 잘 된다 싶은 것들은 사진을 찍었어요. 그렇게 사진으로 남겨 놓으면 나중에 바느질을 해서 연결할 때 아주 도움이 되거든요. 전 이 사롱들로 알록달록하고 화려한 베란다 커튼을 만들 거예요!

또 다른 아이디어가 없냐고요? 쿠션 커버로 리폼할 수도 있어요. 그리고 지금 아주 기발한 아이디어가 떠올랐어요. 바로 '사롱 파티'를 여는 거예요. 여자 친구들에게 각자 사롱 하나씩을 가지고 오라고 해서 파티를 하면 재미있겠죠? 신선한 판자넬라(올리브유에 구운 빵과 양파, 토마토, 바질, 올리브유, 식초를 넣은 이탈리아 샐러드의 일종)와 쿠스쿠스, 메론, 프로슈토를 준비해서 정원이나 테라스, 혹은 거실에 알록달록한 사롱을 전부 깔아 놓는 거예요. 그리고 여자 친구들끼리만 할 수 있는 수다를 신나게 즐기고 서로의 사롱을 교환하기도 하고요. 파티가 때로는 쓸모없는 것같이 느껴지는 사롱이라는 아이템에 관심을 가질 수 있는 좋은 구실이 될 거예요.

일단 집에 있는 사롱을 처분하려면 서랍에 있는 것들을 모두 꺼내세요. 자선 단체에 기증하는 것이 나을지, 한 번에 다 없앨 것인지 고민하면서 친구들과 유쾌한 여름밤을 보내는 거죠. 사실 여자 친구들끼리 모일 기회가 그렇게 흔하지 않잖아요. 특히 편하게 쉬어야 하는 황금 같은 여름 휴가철에요. 게다가 사롱을 이렇게 유용하게 사용해 볼 기회도 두 번 다시 없을 거고요.

작은
아뜰리에

요즘은 자기 손으로 직접 바느질을 해서 만든 옷을 입는 것도 유행이에요. 이 새로운 유행은 미국에서 온 것인데요. 꽤나 세련된 사람들이 얼마 전부터 무엇인가를 직접 만드는 기쁨을 재발견해서 시작된 거죠. 만약 돈을 절약하려고 집에서 옷을 만든 경우라면, 이 유행은 조금 다른 방향으로 흘러갔을지도 몰라요. 하지만 요즘은 돈과 시간의 여유가 많은 여성들이 바느질을 열심히 하더라고요.

사실 바느질은 미국에서 '스티치 앤 비치Stich 'n bitch', 즉 뜨개바늘을 들고 수다를 떠는 모임이 많아지고 뜨개질이 다시 유행하면서 시작된 거예요. 하지만 진작 바다 건너 여성들은 바느질을 해서 옷을 만드는 것이 뜨개질보다 훨씬 간단하고 빠르다는 것을 알고 있었어요. 어떤 사람은 자신의 손으로 직접 옷을 만드는 게 지구를 지키는 일이라고 말하기도 해요. 이유가 뭐냐고요? 원단을 재활용하는 거니까 낭비가 없잖아요. 그런 이유로 요즘은 패스트 패션fast fashion, 즉 너무 빨리 지나가는 유행에 대한 관심이 줄어들고 있는 추세예요.

어쨌든 맹렬한 속도로 변화하는 유행을 따라 가려고 옷을 쌓아 두는 일을 그만하겠다는 생각 자체가 이미 친환경적인 거예요. 게다가 과소비로 인한 불안감도 떨칠 수 있고 창의력도 높일 수 있어요. 혼자 옷 만들기를 무척 좋아하는 친구들이 몇 가지 조언을 해 주더군요. 여러분도 주변 친구들에게 알려 주세요. 우선 어딘가에 처박아 뒀던 재봉틀을 꺼내거나 새로 하나 구입하세요. 기능이 아주 뛰어나고 조용한데다 멀티태스킹(동시에 다양한 작업이 가능한 제품)이 가능하고, 사용하기도 쉬운 제품들이 시중에 많이 나와 있어요. 그리고 서점에 가면 옷본이 들어 있는 잡지도 구할 수 있답니다. 미국에 그런 잡지들이 상당히 많은데, 우리가 보기에는 유행이 한참 지난 옷들인 것 같아 안타깝더군요. 이런 잡지들은 그냥 구경이나 하는 재미로 옷본을 넣는 것이지만, 어쨌든 직접 옷을 만들어 보고 싶다면 유용할 거예요. 예를 들어, 셔츠를 만들려고 한다면 핀으로 옷본을 원단에 고정해서 선을 따라 자르면 돼요. 처음이라면 아주 간단한 것부터 해 보는 게 좋아요. 기본 스커트가 딱 좋겠죠?

재봉틀과 친해지려면 되도록 많이 사용해 봐야 해요. 옷부터 만들기가 겁이 나면 바지 밑단으로 아이들 간식을 담을 천 주머니를 만들어 보세요. 쿠션이 필요하세요? 요리사 친구에게 재미있는 앞치마를 선물하고 싶으세요? 돈을 주고 사는 것보다는 여러분이 직접 만들어 보세요! 쇼핑에 빠지면 매일 쇼핑몰로 달려가고 싶은 충동을 견디기 힘들잖아요. 바느질도 마찬가지예요. 일단 시작하면 점점 그 매력에 사로잡힌답니다. 바느질을 하면 지갑에 돈이 굳는 것도 좋지만, 수작업으로 만든 작품이 주는 성취감이 스스로의 존재감을 높여 줘서 성격 개선에도 도움이 될 거예요.

인터넷에서 옷 만들기 동호회도 찾아보세요. 바느질이 대유행을 하고 있어서 그런 사이트가 꽤 많을 거예요. 인터넷을 뒤져 보면 바느질에 대한 자세한 정보도 아주 많고, 바느질 경연이나 수공예품 경연대회 공지도 많을 거예요. 그게 다가 아니죠. 인터넷 검색을 하다 보면 우리처럼 원단을 재활용하고 낡은 옷을 정리하고, 새로운 디자인을 구상하는 취미를 가진 사람들과 의견을 교환할 수도 있어요. 제 말을 한번 믿어 보세요. 바느질은 정말 환상적인 취미활동이에요.

스타일을 바꾸는 것도 아주 재미있어요. 이제까지 긴 머리만 고수해 왔다면 짧게 커트를 해 보거나 화장을 한 적이 없다면 메이크업을 해 보는 것도 괜찮고, 반대로 볼에는 파우더를 두껍게 바르고 립스틱도 진하게만 발라 왔다면 물과 비누로 세수만 한 것 같은 맑은 얼굴을 해 보는 것도 좋겠죠.

여자들은 주로 봄이나 여름에 오랫동안 고수한 스타일을 바꾸는 경우가 많아요. 스스로에게 변화를 주고 밖으로 나가서 바람을 쐬고 싶어지는 계절이니까요. 사실 이 무렵에는 피부가 햇볕에 그을기 시작해 조금 더 건강한 분위기를 풍기게 되죠. 스타일을 바꾸고 싶다면 친구나 미용실, 혹은 메이크업 전문가에게 조언을 구해도 좋을 것 같아요. 친구와 약속이 있을 때 만나서 조용히 상의해 보면 재미있을 거예요.

커트를 할 생각이라면 가위를 대기 전에 이런저런 가발을 써 보고 자신의 얼굴형에 맞는 스타일을 골라 보는 것도 재미있어요. 메이크업 전문가에게 찾아가면 그냥 앉아만 있어도 세수만 한 맨 얼굴에 마스카라와 색다른 색상의 아이섀도, 섬세한 톤의 파우더, 그리고 손톱에는 매니큐어까지 칠한 변화된 모습을 만들 수 있어요.

체중을 감량하고 경쾌하게 움직이면 생기발랄해진 느낌이 들고 더 예뻐 보이기도 해요. 운동을 해도 스타일이 바뀔 수 있는 거죠. 육체적인 활동(수영, 테니스, 조깅 등)은 특히 누군가와 함께하면 더 즐겁고, 스포츠 챔피언의 얼굴에서 종종 찾아볼 수 있는 자신감 있고 솔직한 감정이 얼굴 표정으로 나타나요.

조금 더 강하고 실질적인 이미지 변화를 원한다면 여러분의 마음에 드는 아이템을 몇 가지만 구입해도 도움이 될 거예요. 애인이나 남편, 혹은 남자 친구들이 변화된 모습을 칭찬하면서 여러분을 유심히 살펴보겠죠. 하지만 너무 지나친 변신은 금물이에요. 퇴근하고 돌아온 남편이 여러분을 새로 온 가사도우미인 줄 알거나, 애인과의 약속 장소에서 그의 코앞에 5분 전부터 서 있었는데도 애인이 여러분을 못 알아

보고 계속 초조하게 시계만 보고 있다는 것은 여러분이 너무나 극적으로 변했다는 것을 의미해요.

세련된 취향의 첫 번째 규칙은 자신만의 개성을 유지하고 절제된 자세로 결코 남의 눈에 두드러지지 않도록 하는 거예요. 스타일의 변화도 마찬가지예요. 여러분 자신을 왜곡시키지 않는 선에서, 그저 여러분 자신과 평상시 여러분의 모습에 익숙한 주변 사람들에게 즐거운 놀라움만 전달할 수 있을 정도면 좋겠죠.

⏰ 시간을 절약하는 간단한 팁

여러분에게도 이런 일이 생기는지 모르겠네요. 나가야 할 시간이 다 돼서 서둘러야 하는데 어딘가로 없어진 벨트를 찾느라 보물찾기를 시작해야 할 때가 있어요. 보통은 지난번에 입었던 청바지 허리에 끼워진 채로 옷장 속에 들어 있는데 말이죠. 그걸 찾느라 시간을 버려야 할까요? 적어도 10분은 걸릴 텐데요. 저는 이럴 때 꼭 바지에 어울리는 벨트를 찾는 데신 멋진 스카프를 이용해요. 스카프를 돌돌 말아서 바지 허리춤에 끼우면 되거든요. 실용적이고 금방 연출이 가능하면서 여성스러움까지 부각시킬 수 있는 해결 방법이에요. 여러분도 한번 해 보세요.

아침에 외출 준비를 하는 것이 쉬워 보일 수 있어요. 일어나서 세수하고 양치하고 머리 빗고 집을 나서면 하루를 시작할 준비가 끝나는 것 같죠. 하지만 우리 여자들은 그게 그렇지가 않다는 것을 잘 알아요. 매일 아침이 다르잖아요. 어떤 때는 기분 좋게 자고 일어나지만, 일상적인 작은 행동에도 짜증이 나고 모든 게 엉망이 되기도 해요. 이렇게 상쾌한 기분이 아닌 날에는 잘 정리된 욕실이 황금 같은 아침 시간의 여유를 벌어 줄 수 있어요.

가끔 친구들 집에 가면 욕실이 너무 난장판이라 손을 어디에 둬야 할지조차 난감할 때가 있어요. 저 같은 경우 집 안 그 어느 곳보다 제일 신경 쓰이는 곳이 욕실이고 항상 깨끗하게 정리되어 있어야 마음이 놓여요. 또 욕실을 쾌적하고 기능적인 공간으로 만들려고 애써요. 예를 들어, 선반에 욕실 용품을 놓을 때도 신경을 많이 쓰죠. 욕실 용품을 한눈에 다 볼 수 있도록 진열하고, 큰 병과 작은 병을 섞어서 쌓아 놓지 않아요. 나중에 뒤에 있는 것들은 보이지 않아서 있는 줄도 모르게 되거든요. 항상 꼭 필요한 것만 골라서 놓고 쓸모없는 것은 바로 치워요.

수납장 제일 위 칸에는 아침마다 잠도 덜 깬 상태에서 가장 먼저 사용하는 제품들을 나란히 세워 놨어요. 치약과 칫솔, 구강세정제, 토너, 렌즈 케이스, 나무 브러시와 빗이 순서에 맞게 나란히 진열돼 있으면 눈이 다 떠지지 않았을 때도 제가 필요한 것을 쓸 수 있거든요. 그리고 샤워 후에 필요한 바디크림과 장미향 샤워코롱, 파우더, 핸드크림, 주름 방지 세럼을 올려놨죠.

두 번째 칸에는 화장할 때 사용하는 것들을 전부 갖다 놨어요. 핀셋, 파운데이션, 펜슬, 아이브로, 마스카라, 아이섀도, 립 펜슬 같은 것이 나란히 놓여 있어요. 아침 시간에는 항상 나가느라 바쁜데, 서랍에 넣어 놓으면 찾느라 시간을 뺏길 것 같아서 손이 쉽게 갈 수 있도록 한 거예요.

맨 아래 칸에는 데오도란트와 제일 좋아하는 향수(저는 티로즈Tea Rose 향을 좋아해요)같이 외출 전 마지막으로 필요한 것들을 놨어요. 그리고 한쪽에는 머리핀과 고무줄, 헤어밴드를 작은 그릇에 담아 놨고요. 이런 자잘한 것들은 집 안 여기저기에 두면 찾기도 어렵고 집도 지저분해져서 한곳에 모아 놓은 거예요. 딱 이 정도만 욕실에 정리해 두고 더 이상은 추가하지 않아요. 그리고 보름에 한 번씩 둘러보고 다 쓴 화장품 튜브나 빈 병, 혹은 조각난 립스틱 같은 것은 버리고 새것으로 교체하면 항상 깔끔해요. 분명히 욕실은 실용적인 공간이 될 거예요.

계절의
변화를
잘 활용하기

첫 더위가 찾아오면서 또 한 번 끔찍한 계절로의 변화가 시작되죠! 환절기에는 끝없는 참을성을 가지고 장롱 속을 들여다보면서 기존에 갖고 있던 옷들의 명분을 찾고, 실수 없이 새로 구입할 옷들을 정하고 계획을 짜야 해요. 봄, 여름 옷은 당연히 가을, 겨울옷보다 자리를 덜 차지하기는 해요. 그래도 옷장을 다시 한 번 정리하고 여러 가지 상황에 유용한 아이템들을 채워 넣는 기본적인 원칙은 가을, 겨울 환절기 때와 똑같아요. 제가 옷 정리를 위한 팁을 알려 드릴게요. 제일 먼저 해야 할 일은 옷과 가방, 신발, 액세서리를 비롯해 작년에 여러분이 입고 신었던 것들을 모두 점검하는 거예요. 옷장을 채우고 있는 것들을 신중하게 평가하고 나서 이렇게 하세요.

- 없는 것과 필요한 것을 정해요.
- 쇼핑할 금액을 정해요.
- 이번 시즌에 선택할 스타일을 정하고, 그 스타일에 맞는 옷과 신발, 가방을 선택해요.
- 불필요한 아이템과 더 이상 사용하지 않을 아이템을 없애고 대체할 아이템을 결정해요.
- 여러분의 라이프스타일에 맞는 의류를 생각해요.

우리가 원하는 옷이 어떤 것인지 잘 알잖아요. 무엇보다 기능성이 있어야 하고, 유행과 잘 맞아떨어지는 옷이어야 하죠. 요즘은 일하는 여성들이 많아서 유행만 많이 타거나 장식적인 요소만 강하고, 별로 실용적이지 못하면 그다지 필요성을 느끼지 못해요. 우리는 품질도 확실하고 수명도 긴 옷을 찾잖아요. 그런 옷이 여자들을 확실히 돋보이게 해 주고 신체 비율도 좋아 보이게 하니까요.

특별히 좋아하는 색이 있으세요? 그렇다면 그 색상과 코디할 수 있는 액세서리를 구입하는 습관을 들이세요. 여러분의 개성이 드러나는 색상을 사용하는 것만으로도 스타일이 한층 업그레이드되는 기적을 맛볼 수 있을 거예요. 매일 어떻게 옷을 입어야 할지 애매하세요? 그렇다면 아침부터 저녁까지 언제나 최상의 상태를 유지시켜 주는 옷을 선택하세요.

… 트윈 세트는 이제까지도 유행을 탄 적이 없고 앞으로도 그럴 거예요.

… 아주 얇은 저지(실크, 비스코사, 스코틀랜드사로 만든 저지)는 봄철에 딱 좋은 원단이에요. 저지 원단 의류는 하나쯤 꼭 있어야 해요.

… 스타일리스트들이 추천하는, 요즘 유행을 선도하는 데님 의류도 하나 구비해 두세요.

마지막으로 한 가지 당부하고 싶은 게 있는데, 여러분의 개인적 취향은 고려하지 않고 무조건 매 시즌마다 패션계에서 제안하는 유행을 그대로 따르지는 마세요. 특히 유명 스타나 텔레비전에 나오는 사람들을 따라 하는 건 곤란해요. 차라리 오랫동안 고수할 수 있는 여러분만의 개성 있는 스타일을 만드는 편이 훨씬 나아요.

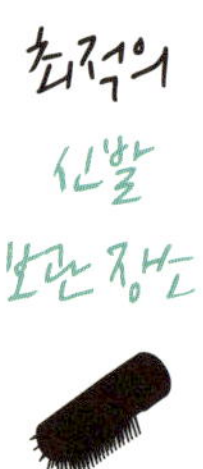

저는 신발 앞에서는 한없이 약해져요. 신발을 사고, 또 사고 는 어디에 보관해야 할지 몰라 난감해 하죠. 이렇게 되면 여 기저기에 내던져 놓은 신발이 점점 많아져 집이 난장판이 될 수밖에 없어요. 지난 토요일 저는 갖고 있는 신발들을 모두 '검열' 해서 어떻게든 정리할 방법을 찾아야겠다는 의지에 불 탔어요. 고민 끝에 이런 결론을 얻게 됐죠.

먼저 현관 앞에 신발을 넣어 둘 작은 수납장이 있어야겠더 라고요. 그래야 집에 들어오자마자 바로 집어넣을 수 있죠. 여러분도 저처럼 집에 들어오자마자 꽉 죄는 구두에 시달린 발부터 편하게 하려고 슬리퍼로 바로 갈아 신는 습관이 있다 면, 현관에 신발을 넣어 둘 수납장이 꼭 필요할 거예요. 수납 장을 놓을 만한 공간이 여의치 않다면 작은 상자를 사용할 수도 있어요.

제가 보기에는 공기가 통하게 하려면 라탄 소재의 상자가 가장 이상적일 것 같아요. 그래야 내부에 악취가 고이지 않죠. 신발은 절대 옷이 들어 있는 캐비닛 같은 곳에는 넣지 마세요. 저는 상자에 들어 있든 신발용 주머니에 들어 있든 신발을 옷과 함께 보관하는 것은 좋지 않은 것 같아요. 아무리 어딘가에 들어 있는 채로 보관한다 해도 언제나 내부를 청결한 상태로 유지해야 하는 캐비닛에 넣으면 옷에서 나야 할 좋은 냄새를 없앨 수 있잖아요. 신발은 되도록 전용 케이스를 이용해서 정리해야 해요. 무엇보다 신발장에 보관하는 게 제일 좋고요.

겨울 신발은 여름용과 구분해야 해요. 다음 해 겨울이 올 때까지 보관할 장소에 집어넣기 전에 깨끗이 먼지를 털고 닦으세요. 구두는 열 번 이상 닦아 광을 낸 다음 구두약으로 유분을 제거해서 최적의 상태로 보관해야 해요. 구두 유분 제거제는 마트에서 구입할 수 있는데 아주 소량만 사용해야 해요. 마른 걸레에 살짝 묻혀 신발에 묻은 때가 지워질 정도로만 문질러 준 후에 여덟 시간 정도 건조시키면 돼요. 광을 내는 것은 유분 제거제가 마른 후에 하면 되고요.

각 신발에 맞는 슈즈트리(신발 지지대)도 구입하세요. 부드럽게 휘어지는 것도 있고 신발 사이즈에 맞게 길게 늘였다 줄였다 할 수 있는 것도 판매하거든요. 하지만 묵직한 나무 소재의 슈즈트리가 원래의 신발 형태를 잘 유지해 줘서 제일 좋아요. 구두 광택제는 항상 신발장 근처에 두세요. 신발을 항상 청결히 관리할 수 있도록 다음과 같은 신발 세척 제품들을 넣어 두시고요.

- 어느 정도 힘이 있는 강모 브러시
- 광내기용 천
- 크림 재질의 중성 광택제
- 치약 농도의 광택제

위에 적은 재료들은 어떤 색상의 구두든 다 사용할 수 있는 거예요. 그 밖에 이런 것들도 필요해요.

- 신발 얼룩 제거용 지우개
- 병에 담긴 유분 제거제

거부할 수 없는
슬리퍼의
매력

집에서는 누구나 편안함을 느끼고 싶죠. 저도 주말에는 큼지막한 풀오버에 편한 레깅스를 입고 있는 것을 좋아해요. 이렇게 입고 있으면 자잘한 집안일을 하거나 소파에 웅크리고 앉아서 책을 읽을 때도 전혀 불편하지 않아요. 그럼 발에는 뭘 신고 있냐고요? 혹시 에두아르도 데 필리포 Eduardo De Filippo 감독의 영화 〈큐피엘로 가의 크리스마스〉를 보셨어요? 영화 초반에 엄마 티티나 Titina 가 잠자리에서 막 일어나 슬리퍼를 질질 끌면서 집 안을 돌아다녀요. 몇 분 동안 화면에는 티티나가 바닥에서 슬리퍼를 끌고 다니는 소리와 함께 오븐에서 싱크대를 왔다 갔다 하는 장면이 계속되요. 그리고 얼마 후에 아들에게 가서 말하죠. "수세테 Susete !" (우리말로 하면 '일어나!' 예요.) 영화에 등장한 슬리퍼의 효과는 놀라울 정도였어요. 티티나의 감정이 그대로 담겨 있었거든요.

그런데 집에서 신는 슬리퍼는 우울해 보이기 짝이 없어요. 물론 편하기는 하죠. 하지만 아무리 보는 사람이 없다고 해도 너무 지저분한 경우가 많아요. 부스스한 차림으로 남들에게 무시당할 것 같은 상태로 있으면 기분이 그리 유쾌하지는 않죠. 저는 실내용 슬리퍼를 전부 없애고 집에서는 맨발로 다니고, 겨울에는 두툼한 모직 양말을 신어요. 하지만 저와 같은 방법이 싫다는 분은 다른 방법을 찾으면 돼요. 집에서 편하면서도 좀 더 재미있게 발을 보호할 수 있는 방법은 무척 많거든요. 제가 여러분을 위해서 몇 가지 생각해 봤어요.

프리울라네 실내화 프리울라네 friulane 실내화는 앞코가 약간 들리고 벨벳이나 실크, 리넨으로 만든 신발이에요. 인도나 아랍 국가들을 연상시키는 정교한 자수가 놓여 있지만 이탈리아가 원산지랍니다. 원래 이탈리아 북동부 카르니아 Carnia 지방에서 생산되는 남녀공용 신발인데, 세련된 디자인에 걸을 때 소음도 안 나서 집에서 신기에 딱 좋지만 외출할 때 신어도 괜찮아요. 가격대가 꽤 높은 편인데도 이 신발을 수집하는 디자이너들이 많아요. 하지만 휴가철에 돌로미티 Dolomiti에 가면 아주 저렴한 가격에 구입할 수 있어요. 요즘은 각 지역 신발 가게에서도 많이 판매하고 있답니다.

룸 슬리퍼　요즘은 특수 공정으로 제작돼 통풍이 잘 되고 항균 및 알레르기 방지 처리가 된 데다가 탄력도 좋고, 물세탁이 가능한 소재로 만든 룸 슬리퍼를 팔아요. 열에도 80도까지 견딜 수 있어서 세탁기에 돌려도 돼요. 편할 뿐 아니라 미끄럼 방지 기능도 있어서 욕실이나 사우나에서도 사용할 수 있어요. 여러분도 집에서 신어 보세요. 일반적인 슬리퍼는 뒤꿈치 부분이 트여 있지만, 얼마 전부터는 뒷부분이 다 막힌 디자인도 나오더라고요.

플립플랍　봄부터 가을까지 신기에 언제나 부담 없는 신발이에요. 발을 움직이기에도 너무 편하고 가벼운데다 물세척도 가능하죠. 예쁜 디자인도 많고 색상도 다양해서 선택의 폭도 무척 넓답니다.

유행도 참 거부하기 힘든 거예요. 그래서 철마다 뭔가 새로운 것을 사들이죠. 그러다 옷장에 더 이상 옷을 넣을 자리가 없을 정도가 되면 옷 벼룩시장을 열어 보세요. 더 이상 입지 않을 옷을 처분할 수 있는 좋은 기회가 될 거예요. 벼룩시장에 내놓을 옷과 벨트, 가방을 선택할 때는 일단 옷장과 서랍에 있는 것들을 모두 다 꺼내세요.

정리할 옷장을 선택하세요. 옷장 전체의 먼지를 털고 선반에 깔아 뒀던 종이를 새로 바꾼 후에 계속 가지고 있을 옷을 다시 집어넣기 시작하세요. 나머지 옷들은 모두 침대에 올려놓거나 밑에 있는 옷을 잡아 뺄 수 있도록 기대어 놓으세요. 그래야 나중에 벼룩시장에 가져갈 옷을 따로 놓을 수 있어요.

옷걸이를 준비하세요. 옷가게에 가면 볼 수 있는 금속 소재 옷걸이가 필요해요. 인터넷 쇼핑 사이트에서도 살 수 있고, 창고형 마트에 가도 판매해요.

종류별로 구분하세요. 저는 이런 식으로 나눴어요. 슈트, 스커트, 셔츠를 각각 다른 옷걸이에 걸고, 그 밖에 나머지는 옷걸이 하나에 몰아서 걸었어요. 이렇게 걸어 두면 비교하기가 훨씬 편해요. 예를 들어, 바지나 티셔츠를 고를 때 옆에 있는 것들과 함께 볼 수 있잖아요.

예쁘게 코디해 보세요. 가끔 저는 '토털룩'을 코디해 보는 게 꽤 재미있더라고요. 예를 들어, 전체적으로 데님류를 코디해 본다든가 정장 재킷에 제일 잘 어울리는 색상의 셔츠를 고르고 또 거기에 맞는 가방까지 맞춰 보는 거죠.

거실을 치우세요. 벼룩시장을 열 공간을 만들려면 소파와 의자를 벽 쪽으로 밀고 옷걸이들을 중앙에 놓아야 할 거예요.

장신구를 구분해 놓으세요. 탁자나 서랍장 위에 가방과 벨트를

HOME
FLEA MARKET
SUNDAY . 3 ~ 8 PM
SUN.
3PM

위한 코너를 마련해서 쇼룸 같은 분위기를 연출하세요. 저는 최근에 벼룩시장을 열 때 보석 전용 진열대도 하나 만들었어요. 사각형 합판에 파란색 벨벳을 씌우고 고리를 나란히 박아서 목걸이와 팔찌를 걸 수 있도록 한 거였죠. 이 진열대의 효과가 아주 좋았는지 그날 내놓은 보석들이 순식간에 다 팔렸어요.

날짜를 정하세요. 준비가 다 되면 벼룩시장을 열 날짜를 정하세요. 보통 다들 편한 시간대가 일요일 오후나 평일 저녁 9시 이후예요. 그리고 적어도 일주일 전에 초대할 친구들에게 알려야 해요. 친구들에게 각각 한 명씩 친구를 더 데려오라고 부탁하시고요. 그래야 손님이 더 많아지잖아요.

간식을 제공하세요. 저는 벼룩시장을 열 때마다 케이크와 조각 피자, 미니 샌드위치를 준비해요. 그리고 식탁에 탄산수와 오렌지 주스, 자몽 주스를 담은 병을 함께 놓으면 손님들이 자유롭게 따라 마실 수 있어요.

돈을 받으세요. 벼룩시장이 열리자마자 거실이 아주 시끌벅적

해질 거예요. 우리 여자들은 옷 앞에 서면 친구들이랑 엄청나게 수다를 떨잖아요. 어떤 옷이 어울릴지 물어보고 대답하고, 서로의 의견을 교환하느라 분위기가 생기발랄해지죠. 그리고 다른 방에 가서 고른 옷을 입어 볼 수 있냐고 물어보는 사람도 있을 거예요. 결국 다들 뭔가를 고를 것이고, 적어도 벨트 하나라도 집었을 거예요. 물건 값은 현관에 놔둔 바구니에 각자 알아서 내고 싶은 만큼 내라고 하면 돼요. 저는 벼룩시장에서 나온 금액에 제 돈을 조금 보태서 자선 단체나 자원봉사 단체에 가지고 간답니다.

03

각양각색의
사람들과
어울려 사는
노하우

아부쟁이들을 멀리하세요

"자기 너무 좋아 보인다! 오늘은 정말 예뻐 보여." "너 오늘 회의에서 발표한 내용, 한마디로 환상이었어." "너 왜 이렇게 말라 보여!" 우리가 슬쩍 보기에도 살이 많이 찌고 있거나 상사 앞에서 발표 내용을 더듬었을 때, 혹은 밤에 잠을 못 자서 지쳐 있을 때 이런 말을 하는 친구나 지인이 꼭 있어요. 예전부터 이런 아부 아닌 아부가 꾸준히 존재해 왔고 앞으로도 사라지기 힘들 거예요.

간혹 아부를 안 하고는 못 배기는 사람도 있어요. 모두가 자신을 좋아하게 만들고 싶은 사람들이죠. 그런 사람들은 어떻게 해서든 환심을 사려고 하고 불행한 일을 겪은 사람에게도 칭찬을 하는 우스꽝스러운 짓도 서슴지 않아요. 우리는 인생을 깔끔하게 살고 싶잖아요. 그러려면 아부하는 사람들과 항상 가짜 '후원자' 역할을 하려는 사람, 남에 대해서 뭐라도 알아내 음모를 꾸미는 사람들을 떨쳐내야 해요. 아부하는 사람은 언젠가는 자기 자신 때문에 위기에 빠지고, 그렇게 되면 다른 사람들이 자신을 멀리한다는 사실을 받아들여야 하죠.

자신이 얻을 수 있는 혜택을 찾고, 그것을 지키려고 온갖 수단을 다 동원하는 사람도 있어요. 피노키오가 서커스 단장 만자푸오코Mangiafuoco와 겪었던 일을 떠올려 보세요. 단장이 피노키오를 장작으로 떼서 양고기를 요리하려고 화로에 던져 넣으려고 했잖아요. 그때 피노키오가 단장을 '대장님', '기사님'이라고 부르다가 '폐하!'라는 호칭을 사용해서 가까스로 죽을 운명에서 벗어나요. 폐하라는 말을 듣고는 단장이 피노키오를 풀어 주죠.

아부하는 사람은 다른 사람들이 아주 민감할 수 있는 부분을 건드릴 줄 알아요. 그건 분명한 것 같아요. 우리가 아부하는 사람들을 멀리해야 한다면, 왜 다른 사람들이 우리에게 아부를 하는지도 진지하게 생각해 봐야 해요. 우리가 그들에게 아부를 하도록 내버려 두기 때문일까요? 아니면 호의를 보이는 것일까요? 혹시 이렇게 공허한 아부의 시작을 만들어 낸 것이 우리 자신은 아닐까요? 아부를 잘하는 친구가 제게 살이 빠져 보인다고 했는데, 그게 사실이 아니라면 전 한 순간도 주저하지 않고 3킬로그램 정도 살이 쪘다고 대답해요. 또 어떤 사람이 지금처럼 좋아 보인 적이 없었다고 아부를 하면, 지금 내가 어떤 아픔과 고통에 놓여 있는지 일일이 다 이야기해요. 어떤 일을 잘했다는 칭찬을 들으면 이 정도로 만족할 수는 없지 않겠냐고 대답하고요.

아부하는 친구를 정리하는 것이 여러분 자신을 정리하는 첫 번째 단계예요. 여러분을 기쁘게 해 주려는 어이없는 표현이 말도 안 되는 이야기라고 확실히 전하고, 여러분과의 관계를 지속하려면 다른 방식으로 대화를 하자고 말하세요. 여러분과 아부하는 사람이 서로에게 거리감을 느끼는 것은 의사소통의 벽이 앞으로 더 높아질 수 있다는 거예요. 하지만 분명한 것은 이렇게 달콤한 말로 아부를 하는 일은 그다지 쓸모가 있지도 않고 때로는 해가 될 수도 있다는 점이에요.

무턱대고
들이대는
남자

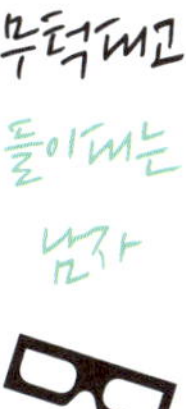

맹렬하게 구애를 하는 사람이 처음에는 좋아 보일 수 있어요. 꽃을 보내고 여러분이 좋아하는 일을 하자고 메시지를 남기는 사람이 있다면, 여러분이 갈망의 대상이라고 느끼게 되니까요. 하지만 한없이 연약하고 사랑받고 싶은 욕구가 강하거나 누구든 순순히 받아 주는 여성에게 구애를 하는 남자는 위험한 행동을 할 수 있을 것 같아 보이기도 해요. 여러분에게 구애를 한 사람이 그런 인상을 준다면, 아름다운 사랑 이야기가 피곤하고 심하게는 신경쇠약에까지 걸릴 수 있는 상황으로 변할 수 있어요.

처음에는 초대에 응하거나 장미 한 송이를 받아 주거나, 영화나 피자를 먹으러 가자는 요청에 그러자고 대답하는 정도로 시작하죠. 그러다 어느 순간부터 한 남자가 거머리처럼 여러분의 다리에 찰싹 달라붙어 있을 거예요. 그것도 미래에 대한 계획을 잔뜩 세우고 있는 끔찍한 거머리처럼요. 하지만 유감스럽게도 여러분은 그런 계획 따위에는 관심이 없죠. 구애한 남자를 애인으로 받아 주지 않을 거라면 적당한 시기에 관계를 끊어야 해요. 하루라도 빨리, 주저하지 말고 미련도 두지 말고요. 아니면 여러분도 모르게 누군가의 마음에 상처를 주고 그 사람은 자신이 거절당하고 있다고 느끼면서도 여러분의 가랑이를 붙잡고 늘어지는 상황이 벌어질 수 있어요.

남자들은 끝까지 도전해야 한다는 생각을 뿌리깊이 간직하고 있어요. 확실히 차이지 않으면 여자가 넘어올지 안 넘어올지 모르는 거라고 생각해요. 그래서 집요하게 접근하는 사람들이 있는 거예요. 그러니까 친절한 태도를 걷어버리고, 결코 성공할 수 없는 남자들의 그 구닥다리 같은 원칙을 무너뜨려야 해요. 여러분에게 구애하는 남자에게 '나는 당신에게 관심이 없고, 절대 당신과 사귈 마음이 없다'는 것을 빨리 알리세요. 절대 머뭇거리면 안 돼요. 그러면 남자는 여러분이 자기를 괴롭혀서 더 깊이 빠지게 하려고 작전을 쓰는 것이라고 생각할 수 있거든요. 앞으로 일어날 일은 생각지 않고 자신이 원하는 것에만 집착하는 남자들은 전형적으로 그

런 망상을 갖고 있어요. 영화 〈아멜리에 Le Fabuleux Destin D'Amélie Poulain〉에서는 동료 점원에게 편집증 환자처럼 집착하는 남자를 주인공 아멜리에가 다른 여자와 이어 주는 장면이 나와요. 여러분도 너무 열심히 매달리는 남자가 있다면 아멜리에처럼 다른 여자 친구에게 소개해 보세요. 그리고 아주 먼 곳으로 오랫동안 여행을 떠나는 거예요.

질투하는 친구는 두 부류가 있어요. 한 부류는 여러분이 무슨 일을 하든 노골적으로 비판을 하고 사사건건 냉정하게 평가를 하는 친구예요. 얼마나 심하게 대하는지 친구를 저 멀리 다른 나라로 보내고 싶고, 오히려 여러분은 아무 잘못도 안 했는데 괜히 그러는 것처럼 느껴지죠. 반면 악의로 가득 찬 마음을 감추려고 온갖 감언이설을 하는 음흉한 친구도 있어요. 이런 친구는 처음에는 세심하고 다정다감해 보이지만 점점 더 웃는 얼굴을 한 가면 뒤에 무엇을 감추고 있는지 알아내기 어려워요. 하지만 가끔 친구의 행동이 의심스러울 때가 있을 거예요. 예를 들어, 여러분의 아이가 시험에서 두 과목을 망쳤는데 친구가 전화를 해서 아이의 성적을 칭찬하는 경우가 그런 거예요. 여러분이 살이 빠지니까 너무 예쁘다면서, 이제까지 이렇게 예뻐진 것을 본 적이 없다고 말하는 것도 그렇고요. 또 여러분이 살림도 잘하고 직장 생활도 잘한다고 과하게 칭찬하는 것도 이상한 거예요.

그뿐이 아니죠. 그런 친구는 여러분을 칭찬하면서 자기 신세를 한탄할 기회도 놓치지 않아요. 아이들이 말을 못한다느니, 살도 안 빠지면서 다이어트를 한다느니, 집을 청소하는 게 제일 싫다느니, 직장이 마음에 안 든다느니 하면서 계속 투정을 부려요. 계속 그런 식으로 여러분의 일상생활을 염탐하고 끝도 없이 하소연을 하면 짜증이 나기 시작하겠죠.

여러분을 제물로 생각하는 이런 친구를 쫓아 버리려면 어떻게 해야 할까요? 흠을 잡히지만 않으면 돼요. 첫 번째 단계는 여러분의 사생활에 대한 정보가 새어 나가지 않게 하는 거예요. 친구와 만날 때 되도록 말을 아끼고 최근에 일어난 일에 대해서도 이야기하지 마세요. 전화가 와도 남편이나 남자 친구와 한창 다투고 있던 중이라고 둘러대고 얼른 끊으세요. 그리고 그 친구가 여러분을 제일 짜증나게 했던 행동을 그대로 따라 하세요. 약속 시간에 30분 늦게 나가서 미안하다고 굽실거리면서 약속 시간을 정확히 지킨 친구를 대놓고 칭찬하세요. 그리고 '너무 예쁘고 세련됐다'는 칭찬을 반복적으로 자주 하세요.

똑똑한 친구라면 여러분이 가면을 쓰고 있다는 것을 알아챌 것이고, 여러분의 친구로 남을 의사가 있다면 태도를 바꿀 거예요. 반면 여전히 질투심만 가득하고 여러분과의 우정을 그리 중요하게 생각하지 않는다면, 아무런 동요 없이 계속 위선적인 칭찬을 할 거예요. 이럴 경우에는 친구에게 분명히 말하세요. 서로 바보 같은 짓을 하면서 시간 낭비 하지 말자고요.

저는 가사도우미를 여러 명 채용한 경험이 있어요. 안타깝게도 다들 잠깐씩만 일을 하고 그만뒀거든요. 그래서 제가 직접 면접을 봐서 적당한 도우미를 뽑아야겠다고 생각했죠. 제가 가사도우미를 결정하는 과정을 알려 드릴게요.

조사 연락할 수 있는 가사도우미 소개 전문 업체는 몇 군데 있지만, 저는 신중을 기하고 싶어서 제가 사는 지역 교구나 (종교단체의 지인들이 좋은 도우미를 소개시켜 준 적이 많았어요) 친구들 사이에 입소문이 난 사람을 선호해요.

면접 가사도우미 지원자와 집에서 약속을 잡아요. 그런데 저는 이런 분들은 처음에 보자마자 탈락시켜요.

···   너무 외향적인 인상을 주는 분은 믿음이 가지 않아서
탈락시켜요.

···   우리말을 잘 못하시는 분. 이건 저만의 요구사항이긴 한
데요. 제가 거의 집에 없기 때문에 전화를 받고 저에게
전화 내용을 정확히 전달해 줄 사람이 필요하거든요.

···   너무 바쁜 분. 다른 일을 이미 두 가지나 하고 있는데,
남는 시간을 쪼개서 일하려는 분이 있더라고요. 그런
분이 오면 저도 마음이 편하지 않아요.

질문   저는 도우미 지원자들에게 항상 이런 질문을 해요.

···   "우리말을 읽고 쓸 줄 아세요?" 이 질문을 하는 이유는
간단해요. 우체부 아저씨가 등기를 배달하거나 경비
아저씨가 소포가 왔다고 알려 주면, 가사도우미 분이
우편물을 받아서 저한테 전달해 줄 수 있어야죠. 그러
니까 우편물 수령 서명 정도는 할 줄 알아야 해요. 다행
히 읽고 쓰는 것을 못하는 분들은 거의 없어요. 요즘은
높은 학력의 도우미 분들도 많더라고요.

···   "운전면허 있으세요?" 저는 운전을 할 줄 아는 분을 채
용하는 게 좋아요. 언젠가는 필요할 것 같아서요.

··· "혹시 필요하면 토요일에도 오실 수 있나요?" 사실 저는 주말에는 도우미 분을 쓰지 않는데, 예를 들어 감기에 걸려서 누군가의 도움이 필요할 때 모른 척하는 계산적인 사람은 곁에 둘 수 없죠.

규칙 마지막으로 가사도우미 분과의 관계를 관리하는 규칙을 말해 볼게요.

··· 집에서 어떤 일을 해야 하는지 제가 먼저 알려주는 편이에요. "다 알아서 하세요"라고 애매하게 말하면 살림이 엉망이 되는 경우가 종종 있거든요.

··· 가사도우미 분에게 어떤 일을 해야 하는 이유를 알려주지만 부담은 주지 않으려고 해요. 그리고 다양한 일을 하도록 하지만 스스로 해결할 수 있는 자잘한 일은 도우미 분에게 전적으로 맡기고요.

··· 가사도우미에게 항상 존댓말을 사용해요. 거리감을 두려고 하는 게 아니라 전문 직업인으로 인정하고 저와 업무적인 관계를 형성하기 위해서랍니다.

별로 달갑지 않은 선물

간혹 좋아하지도 않고 필요도 없어 안 그래도 좁은 수납장의 자리만 차지하는 선물을 받을 때가 있어요. 특히 크리스마스처럼 선물을 하는 것이 거의 의무처럼 느껴질 때 그런 물건들이 오가요. 선물을 받아도 사실은 실망스럽거나 지겨울 때도 많지만 차마 내색은 할 수 없고, 좋아하는 척 할 것을 뻔히 알면서도 선물을 하게 되죠. 수도 없이 받은 만년필과 일곱 번째 받은 액자, 세 권이나 받은 갓 출간된 베스트셀러, 열다섯 권 받은 수첩, 딱 봐도 재활용한 티가 나는 도자기 화병을 어떻게 처리하면 좋을까요?

우리 집을 골동품 시장으로 만드는 물건들을 처분할 수 있는 자선 단체나 적십자는 언제나 문이 열려 있어요. 하지만 언제나 예방이 치료보다 나은 거잖아요. 그러니까 이제부터 친구들과 친척들이 알록달록하게 장식한 상자를 깜짝 선물로 내밀지 않게 해야 해요. 사실 이제 그런 선물에 깜짝 놀라지도 않잖아요.

어떻게 선물하는 것을 말리냐고요? '물질적이지 않은' 것을 여러분이 먼저 선물하는 거예요. 예를 들어,『돈나 모데르나Donna Moderna』같은 인기 잡지나(이거 참 좋은 생각인 것 같아요. 이런 주간지를 보내면 선물을 받는 사람이 매주 여러분을 떠올릴 수 있잖아요) 유명한 피트니스센터 혹은 마사지 쿠폰 세 장 정도, 여러분이 사는 지역에서 제일 맛있는 쿠키 가게나 서점에서 쓸 수 있는 상품권도 좋고, 복권도 좋을 것 같아요.

여러분도 이런 것을 선물해 보세요. 선물을 받는 친구들이 여러분의 메시지를 이해하고 진정 여러분이 전달하고자 하는 마음이 무엇인지 헤아리려 할 거예요. 말하자면 여러분이 선물의 새로운 영역을 개척하는 거죠. 그리고 기대해 보세요. 여러분이 좋아하는 가게에서 사용할 수 있는 쿠폰, 요가 수강권, 채식 레스토랑에서 세 번 식사할 수 있는 티켓, 여러분이 응원하는 축구팀의 경기를 관람할 수 있는 입장권이 선물로 돌아올 거예요.

　혹시 그렇게 애썼는데도 촛대나 탁상용 달력, 머그잔, 돼지 저금통을 비롯해 별로 필요도 없는 물건을 계속 받는다면, 깊게 생각하지 말고 여러분이 다니는 종교 시설의 자선 바자회에 사용할 수 있는지 물어보세요. 하지만 한 가지만 당부할게요. 어린이가 준 선물은 절대 버리지 마세요. 어린이들은 작은 행동 하나에도 자신이 가진 모든 에너지를 쏟아붓거든요. 이 긍정적인 에너지는 누구에게나 꼭 필요한 거랍니다.

의무적인 선물

올해 저는 크리스마스 선물을 하지 않았어요. 그럼 어떻게 했냐고요? 친구들과 직장 동료에게 선물할 돈을 대략적으로 계산하고, 거기에 20퍼센트를 추가한 금액을 자선 단체에 기부했어요. 그리고 제가 그림 그리는 걸 좋아하니까 문방구에 가서 파브리아노 사의 하얀색 예쁜 수제 용지를 사 와서 크리스마스를 주제로 수채화를 그려 넣었어요. 시간에 쫓기면 마지막에는 그림이 엉망이 될까 봐 크리스마스가 오기 한참 전부터 그리기 시작했어요.

그런데 이 카드를 준비하는 동안 정말 즐겁더군요. 크리스마스가 몇 주나 남았는데도 제 카드는 이미 준비가 다 되어 있었어요. 그래서 친척과 친구, 동료들에게 다정한 말도 한 줄씩 적을 수 있었죠. 그리고 선물을 살 돈으로 봉사단체에서 생활하는 어린이들의 크리스마스를 덜 외롭게 해 주려고 성금을 보냈으니, 간접적으로나마 다 같이 좋은 일을 한 것이라고 알렸죠. 카드를 보내러 우체국에 가는 것도, 우표를 사서(크리스마스 같은 성수기에는 여러분의 축하 인사가 제때 도착하지 못할 수도 있으니 이럴 때는 반드시 특급 우편을 이용하세요) 봉투에 붙이고 제 사무실 책상에 올려두고 발송할 날을 기다리는 것조차 즐겁더군요.

이렇게 하기 시작한 후로 매년 크리스마스를 기다리는 게 설레기 시작했어요. 사실 한동안 그런 즐거운 기다림을 잊고 살았거든요. 그리고 막판에 급하게 골라서 전달하는 선물은 제게 아무런 감흥도 없었어요. 예전에는 12월 20일이 되면 항상 이걸 선물해야 하나, 저걸 선물해야 하나 고민하곤 했거든요. 결국 값만 비싸고 쓸모도 없는 것들을 샀죠. 그 무렵에는 제 선물을 받을 사람과 마음을 함께할 시간도, 받을 사람이 깜짝 놀랄 무엇인가를 고를 시간도, 또 그 사람이 정말 기뻐할지 생각해 볼 시간도 없었어요.

예전에는 선물에 담긴 마음이 진실하지 않은 것 같고, 크리스마스의 즐거움조차 강요된 것 같아 보일 때가 있었어요. 요즘도 크리스마스에는 대부분 다들 하니까, 소비를 해야 하고 사람들을 놀라게 하고 애정보다는 구매력을 과시해야 하니까 선물을 하는 경우가 많잖아요. 저는 그런 게 너무 싫어서 과감히 그런 관행을 모두 그만두고 카드를 보낼 준비를 한 거예요. 저를 정말 좋아하는 사람은 포장을 풀기도 귀찮은 평범한 선물보다 제 선물에 담긴 진심을 이해할 거라고 믿어요.

불쾌한 이웃과 살고 있나요?

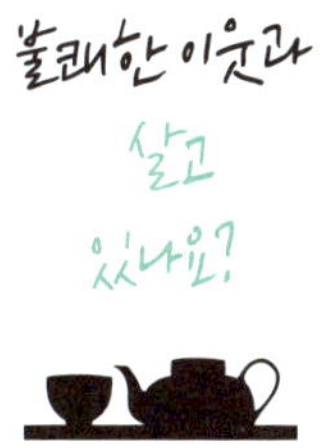

모든 문제는 거의 아파트 주민회의에서 시작되죠. 이웃들과 마음이 맞기란 정말 쉽지 않아요. 막상 주민회의에서는 상대방을 이해하지 못하는 마음도, 공격성도, 불만스러운 감정도 감추고 있지만요. 언제나 한결같은 레퍼토리지만 마음이 맞지 않으면 서로 불쾌해지고 공동생활에도 문제가 생겨요. 물론 친절하고 예의 바르고 상대방을 존중하고 마음도 잘 통하고 사생활을 침범하지 않는 이웃도 있어요. 반면 안타깝게도 쌀쌀맞고 무례하고 독단적이고 결정적으로 별로 유쾌하지 못한 이웃도 있어요.

하지만 이웃들의 무례함과는 상관없이 우리의 개인적인 양심부터 시험해 봐야 해요. 여러분은 옆집에 사는 사람들을 어떻게 대하시나요? 복도에서 이웃과 만나면 항상 먼저 인사를 하시나요? 앞집에 사는 노부인의 장바구니를 대신 들어 드리나요? 텔레비전 볼륨을 너무 높이지 않으려고 신경 쓰시나요? 막 세탁이 끝난 젖은 빨래를 널 때 아래층에 걸린 다 마른 빨래에 물이 떨어지지 않는지 확인하시나요? 다들 휴식을 취하는 시간에는 되도록 소음을 내지 않으려고 노력하시나요? 한밤중에 집에서 소리 나는 슬리퍼를 신고 돌아다니지는 않나요? 이웃들의 차가 움직이기 불편하지 않도록 올바르게 주차하나요? 이런 행동들은 다른 사람들과 좋은 이웃 관계를 맺기 위해 그 누구보다 우리 자신이 먼저 시작해야 하는 거예요.

우리의 양심을 되새겨 가책이 없다면, 이제부터는 옳지 못한 행동을 하는 사람들을 교화할 방법을 생각해야 해요. 그 사람들에게 인사를 하지 말까요? 위협을 할까요? 경찰을 불러서 텔레비전 볼륨을 낮춰 달라고 할까요? 견인차를 불러서 여러분 차 앞에 주차해 놓은 이웃의 차를 치워버릴까요?

그런 방법이 효과가 있을 것 같지도 않고, 또 험악해진 분위기는 우리 건강에도 좋을 것 같지 않네요. 오히려 점점 더 심각한 상황으로 발전해서 스트레스와 불안감만 늘어날 거예요. 저는 대화의 가능성을 여는 것이 훨씬 더 효율적일 것 같아요. 쉽지 않은 일이라는 것은 알지만, 초콜릿 상자를 들고 이웃집의 초인종을 눌러 보세요. 그리고 아주 정중하게 말하는 거죠.

"초콜릿 좀 가져왔는데 드셔보세요. 그런데 두 시부터 세 시 반까지 텔레비전 볼륨 좀 낮춰 주실 수 있을까요? 저희 아들이 아직 어린데 그 시간에 낮잠을 자서요."

다른 문제들도 이런 식으로 해 보세요. 이야기하고, 또 이야기하고, 계속 대화를 시도하는 거예요. 불쾌한 이웃들로부터 도망치고 싶거나 그들을 모두 지옥에 보내버리고 싶다는 충동이 생길 때 오히려 그들과의 관계를 키워 나가세요.

거울에
표시되는
체중

세계적인 디자이너 칼 라거펠트 Karl Lagerfeld 는 13개월 동안 42 킬로그램 이상을 감량했어요. 항상 정해진 시간에 식사를 하고 집 밖에서는 음식을 건드리지도 않고 물을 많이 마시고, 아침에는 무첨가 요구르트와 통밀 빵만 먹었다더군요. 그리고 춤을 아주 많이 췄대요. 혼자 있을 때 거실에서 음악을 아주 크게 틀어 놓고 맘보와 차차차를 췄다고 해요.

춤을 추면서 체중을 감량하는 것은 상당히 좋은 생각이에요. 집에서 친구와 같이 해도 되잖아요. 그러려면 춤을 추지 않고는 못 버틸 만한 음악을 준비해야 하는데, 맘보와 차차차 외에 저는 요즘 다시 유행이 돌아오고 있는 1970년대 세이크 댄스 음악도 추천하고 싶어요. 그리고 친구와 함께 커플로 출 때는 트위스트와 부기우기도 여러분을 미치게 할 만큼 홍겨울 거예요.

제일 중요한 것은 살을 빼야 한다는 생각을 머릿속에서 떨쳐버려야 하는 거예요. 저 같은 경우 균형 있는 몸매에 대한 집착이 심하게 생길 때마다 제 인생에서 무엇인가 대단히 잘못되고 있다는 느낌이 들어요. 여러분도 분명히 날이 갈수록, 매주 늘어나는 체중을 잴 때마다 스스로를 학대하고픈 충동을 느낀 적이 있을 거예요. 체중에 대해 고민을 하다 보면 다른 생각은 다 떨쳐버리려는 것처럼 자꾸만 다이어트 생각만 떠오르죠.

저는 자신을 냉정하게 평가하면서 다른 일에 몰두하지 않으려고 과체중에 집중한다는 것을 깨달았어요. 체중에 집중하는 것이 어떤 측면에서는 제 스스로를 구원하려는 몸부림이었어요. 제 생각에는 서너 가지, 혹은 열 가지 문제를 고민하는 게 부담스러워서 다이어트 한 가지에만 몰두하려 했던 것 같아요.

여러분을 괴롭히는 문제를 정면에서 당당하게 바라보고 그 문제를 떨쳐내세요. 만족스럽지 못한 인간관계와 혹독한 업무, 제대로 평가받지도 못하면서 시달려야 하는 육체적 피로 등 현재 여러분이 갖고 있는 근심을 해결할 방법을 찾으세요.

일단 춤을 추세요. 자유롭게 춤을 추면서 땀 흘리고 큰소리로 웃어 보세요. 다른 사람들이 있으면 결코 할 수 없는 온갖 몸짓을 동원해서 혼자 거울 앞에서 신나게 춤을 추세요. 여러분의 몸과 마음에 아주 큰 도움이 될 거예요. 세상 모든 문제의 해결책은 건강한 삶에 있답니다.

등이 쪼개지는 것처럼 아프고 근육이 쑤시지만 시원하게 마사지를 받으러 갈 시간도, 경제적 여유도 없을 때가 종종 있어요. 갑자기 이렇게 아플 때 어떻게 해야 하는지 알아냈어요. 여러분께도 알려 드릴게요. 먼저 등과 벽 사이에 테니스공을 끼우고 서 보세요. 그리고 천천히 몸을 움직여서 아픈 부분의 위아래로 공을 이동시키세요. 딱 5분 정도만 해도 효과가 있어요. 아파 죽겠다가도 이렇게 하고 나면 금방 약속 장소로 뛰어 나갈 수 있답니다.

저는 여자들이 돈을 쓰는 것만 잘한다는 편견이 정말 싫어요. 그건 사실이 아니에요. 우리 여자들도 재정을 관리할 줄 알거든요. 한번 해 볼까요? 일단 가계 예산을 세워야 할 필요가 있어요. 회사의 예산을 축소한 것이라고 생각하면 돼요. 하지만 여기서 끝내지 마세요. 그 외에도 중요한 세 가지 할 일이 있어요.

은행에 가세요. 은행 문 앞에서 소심해질 필요가 없어요. 여러분은 은행의 고객이고 아무리 사소하더라도 정보를 요청할 권리가 있어요. 은행은 가능한 많은 금융 상품을 여러분에게 판매하려고 해요. 하지만 어떤 상품이든 돈이 들어가죠. 금융 상품에 가입하려면 무엇이 필요한지 정확히 알아야 해요.

그리고 단호한 자세로 이용하고 싶지 않은 상품은 거절하시고요. 요즘은 체크카드가 거의 신용카드와 똑같은 기능을 하고 있어요. 그러니까 체크카드가 있으면 굳이 다른 카드를 만들 필요가 없어요.

저축과 투자를 하세요. 저축은 젊을 때부터 시작하는 게 제일 좋아요. 적은 금액이라도 상관없어요. 소액이라도 매달 예금을 하기만 하면 되고, 장기간 돈을 모아서 일정한 금액을 만들고 싶으면 투자 기금 같은 곳에 자동 적립되는 상품(중도 인출 불가 상품)에 가입해도 되고요. 하지만 저금을 하는 것만으로는 부족해요. 돈을 이용할 줄도 알아야 해요. 투자 상품에 조금 더 익숙해지려면 은행 상담 직원에게 가서 자세하게 설명해 달라고 하세요.

은퇴자금도 설계하세요. 이런 건 젊을 때 해 둬야 해요. 30년 뒤에 국민연금이 어떻게 될까요? 그건 아무도 알 수 없어요. 그러니까 여러분이 이제 막 일을 시작했다면 이런 형태의 저축에 대해 꿰뚫고 있는 것이 좋아요. 은퇴할 때가 되면 불어난 자금을 은행에 묶어둘 것인지 정기적으로 수령할 것인지를 선택할 수 있어요. 스무 살의 나이라면 이런 투자가 멀게만 느껴지겠죠. 하지만 오히려 그 정도 나이에 심각하게 고민해 봐야 한답니다.

골치 아픈
시어머니
상대하기

시어머니들, 모두 그런 것은 아니지만 대부분의 시어머니들이 어떤지 여러분도 잘 아시죠? 온종일 집에서 요리와 청소, 그리고 이런저런 조언을 해 주시죠. 시어머니들은 아주 좋은 의도를 갖고 계세요. 그럴 거예요. 수천 가지 일을 하느라 분주한 불쌍한 우리 며느리들의 입장에서는 위안이 될 수 있는 분들이에요. 그럴 거예요. 시어머니들은 경험이 풍부해서 항상 배울 수 있잖아요. 아마 그럴 거예요. 여러분이 밤에 밧줄을 목에 걸고 잠이 들고 싶지 않고, 시어머니의 물음에 열까지 세고 대답하는 날이 오기를 바라지 않는다면, 시어머니에 대한 증오의 마음을 태산처럼 키우고 싶지 않다면, 시어머니가 아니라 시어머니의 짜증나는 태도를 잊어버리셔야 해요.

지금 당장요. 짜증나는 시어머니를 변화시켜 여러분에게

친절하게 대할 수 있도록 만드는 것, 그러니까 시어머니가 여러분의 건강에 심각한 해를 끼치지 않도록 하는 게 남편에게 사랑받는 아내로 남고자 하는 여러분의 첫 번째 과제예요. 방법은 여러 가지가 있어요. 자신감 있는 며느리들은 비꼬는 방법을 사용해 볼 수 있어요.

"어머니, 어머니는 고약한 시어머니를 닮고 싶지 않으시죠? 그럴 거예요. 저희 집에서 아이들이랑 편하게 계세요. 저희 집은 아무 문제없이 잘 돌아가고 있으니까 어머니가 별로 걱정하실 것도 없잖아요."

이런 식으로 말하면서요. 반면 소심한 며느리들은 잘못된 방법을 사용하는 경우가 많아요. 이런 며느리들은 시어머니가 고기 소스를 만들면 식탁에 흰 쌀밥만 내놔요. 시어머니가 침대를 정리하면 조용히 시트를 걷어서 세탁기에 넣고요. 시어머니가 학교에 아이를 데리러 가면 아이에게 오후에 반 친구랑 놀다 오라고 해요. 시어머니에게 안부를 전하기는 하지만 울며 겨자 먹기죠.

그런 방법 말고 시도해 볼 수 있는 효과적인 방법이 많아요. 저는 시어머니가 자신을 유용한 존재라고 느끼게 만들고 그런 시어머니를 조종하는 방법을 적극적으로 권하고 싶어요. 시어머니에게 낡은 치맛단을 수선해 달라고 하세요(앞으로 안 입을 치마라도 상관없어요). 케이크도 만들어 달라고 하고 극장에 손주를 데리고 가 달라고 하세요. 그리고 어머니 아들의 와이셔츠도 다려 달라고 하세요. 여러분도 아시겠지만 아들의 옷을 세탁하고 다림질하는 일은 시어머니들이 너무 그리워하던 일이라서 좋아하실 거예요.

이런 식으로 시어머니를 쓸모 있는 존재라고 느끼게 만들고 여러분의 손아귀에 시어머니를 집어넣으려 하지 마세요. 독한 며느리들은 아주 과감한 방법으로 시어머니를 떼어 내려 하죠. 어떻게 하냐고요? 시어머니를 되도록 밖으로 내몰려고 해요. 오후에는 시댁 식구들과 차를 마시러 가도록 하고 저녁에는 피자, 아침에는 쇼핑을 다녀오시게 하죠. 이렇게 하면 시어머니가 오셨다가도 진이 빠져서 그 다음날 바로 댁으로 돌아가신다고 할 거예요. 마지막으로 시어머니를 집에 못 오게 하는 실패 확률 0%인 방법이 있어요. 바로 여러분이 시어머니 댁에 자주 가는 거죠. 의외로 괜찮은 방법이니 시도해 보세요.

저는 집에 있는 시간이 많아요. 일할 때도 집의 사방 벽 안에 있는 게 좋더라고요. 그래서 제게는 쾌적한 환경이 반드시 필요해요. 저 자신뿐 아니라 환경을 개선하는 방법은 어렵지 않아요. 우리 스스로 좋은 의도를 가지고, 몇 가지 기술적인 방법만 동원하면 되죠.

집도 숨을 쉬어야 하는데 창문을 열어 놓는 것만으로는 부족해요. 저는 대기 중에 독성 물질을 남기지 않는 석회와 천연 페인트로 벽에 그림을 그렸거든요. 이런 제품은 인터넷에서 검색하시면 쉽게 구입할 수 있어요.

유리창을 청소할 때는 물과 신문지만으로 닦아요. 유리 전용 제품에는 계면활성제와 암모니아, 인산염 같은 성분이 들어 있거든요. 그러니까 되도록 덜 사용하는 게 좋겠죠. 손빨래를 할 때는 가정용 세제를 사용하고 식기를 세척할 때는 친환경 공정무역 세제를 사용해요. 이런 제품들은 동물에서 나온 물질이 포함되어 있지 않아 환경에 끼치는 영향은 크지 않으면서 세정력은 기존 세제와 똑같아요. 게다가 이탈리아에서는 이런 회사의 제품을 구입하면 아프리카에서 말라리아와 에이즈 예방을 위한 활동을 하는 단체인 Amref^{African Medical and Research Foundation}를 후원할 수도 있답니다.

저는 이제 가정용 스프레이 방향제도 사용하지 않아요. 그 스프레이에 오존층 파괴의 주 원인이 되는 가스 중 하나인 사염화탄소가 들어 있거든요. 스프레이보다는 향을 피우는 편이 좋아요. 물 소비를 줄이는 절수형 수도꼭지도 있어요. 철물점에 가면 구입할 수 있는데, 작은 구멍들이 뚫린 마개처럼 생겨서 수도꼭지에 끼워 놓으면 물이 공기와 섞여 나와요. 그래서 사용하는 물의 양은 절반으로 줄어들지만 세척이 되는 느낌은 한 줄기로 나오는 물과 별반 다르지 않아요. 레감비엔테^{Legambiente}(이탈리아 친환경단체)가 라벤나의 반냐카발로^{Bagnacavallo} 지역에서 조사한 결과에 따르면, 이 조절기를 사용하면 물 사용량이 10% 감소하고 에너지도 절약된다더군요(연간 45톤의 석유를 절감하는 효과가 있대요).

또 한 가지, 남들은 웃을지 몰라도 저는 굉장히 자부심을 느끼는 물 절약법이 있어요. 바로 정원에 빗물을 받는 통을 놓는 거예요. 빗물을 받아 놨다가 정원에 물을 주니까 참 좋더라고요. 사소한 행동이지만 소중한 물을 아끼는 좋은 방법인 것 같아요.

알루미늄 호일로 할 수 있는 것이 정말 많아요! 저는 여기저기 편하게 사용할 수 있어서 포장용 알루미늄 호일의 팬이 됐어요. 예를 들어, 주방에서는 맛 좋은 생선이나 닭가슴살을 구울 때 호일을 깔고 구울 수 있어요. 알루미늄 호일로 싸서 구우면 양념이 냄비로 빠져나가지 않고 김도 새지 않아요. 식재료의 향이 호일 안에서 음식으로 스며들어 훨씬 더 깊은 맛을 낼 수 있죠!

그런데 알루미늄 호일도 재활용이 된다는 점을 기억해 두셔야 해요. 분리수거함에서 알루미늄 캔(맥주, 콜라를 비롯한 여러 음료수 캔)을 버리는 통에 버리기만 하면 돼요. 저희 집에서는 주방에서만 사용하는 게 아니라서 이 은색 호일이 떨어지는 날이 없답니다. 호일을 유용하게 사용할 수 있는 방법을 몇 가지 알려 드릴게요.

구김을 펼 때 실크나, 울, 레이온 같은 원단은 직접적으로 열을 가하면 안 돼요. 이런 천을 다릴 때는 다림판의 한 부분을 알루미늄 호일로 감싸세요. 그리고 다릴 옷을 호일 위에 펼쳐 놓은 다음 미지근하게 온도를 맞춘 다리미를 옷과 약간 떨어진 높이에서 왔다 갔다 하세요. 아니면 다리미는 가만히 잡고 옷을 이동시켜도 되고요. 알루미늄 호일에서 나오는 증기가 옷감을 상하지 않게 하면서 부드럽게 만들고, 열이 식으면서 구김과 주름도 제거된답니다.

텔레비전을 볼 때 DVD 플레이어가 텔레비전 위나 아래에 있으면 화면에 나타나는 영상이 흐릿해지는 경우가 종종 있는데, 이런 문제가 발생하는 가장 흔한 원인은 두 전자기기 사이의 전자기장이 충돌하기 때문이에요. 이럴 때는 알루미늄 호일로 두 전자제품 사이를 막아 주기만 하면 영상 신호가 정확하게 전달되어 선명한 영상을 즐길 수 있어요.

기름기를 제거할 때 냄비 바닥이나 오븐의 그릴에 붙은 때를 제거할 때 알루미늄 호일을 공 모양이 되도록 뭉쳐서 세제를 묻혀 문지르면 깨끗이 닦여요. 이렇게 하면 오븐이나 가스레인지 세척 전용 세제를 사용하지 않아도 되니까 환경을 보호할 수 있죠. 기름 제거용 세제가 환경을 많이 오염시키거든요.

문에 페인트칠을 할 때 집에서 직접 문이나 벽을 칠할 때 전구나 소켓, 전등 스위치 같은 곳에 실수로 페인트를 묻힐 수 있잖아요. 칠을 하기 전에 페인트가 묻지 말아야 할 곳에 알루미늄 호일을 씌워 놓으면 마음 편하게 붓질을 할 수 있어요. 나중에 호일만 벗겨 내면 되니까요.

04

즐거운
여가 시간의
다양한
사용법

자동차? 그건 죽네에요

차를 포기하는 건 별로 어렵지 않아 보이죠. 하지만 말과 행동을 일치시키기는 정말 어려운 일이에요. 자동차로부터 자유로워진다는 것은 차에 얽매이지 않고 차를 그저 양말이나 똑같은 물건으로 본다는 거예요. 학교에 갈 때 대중교통만 이용하던 청소년 시절로 돌아가는 것이기도 하고요. 왠지 우리 자신이 대단한 능력을 가진 사람이라는 느낌도 버리는 거예요. 솔직히 누구나 두 손으로 운전대를 잡고 있는 그 사소한 행동 하나로 우월감이 느껴질 때가 있잖아요.

차를 포기하면 무엇보다 독립적이라는 느낌이 줄어들게 될 거예요. 어떤 사람들에게는 차가 없다는 게 장애를 안고 사는 것 같을 수도 있어요. 요즘은 누구나 차가 있을 거라 생각하기도 하고, 실제로 4인 가족이 차 두 대를 소유하는 경우도 있어요. 하지만 우리 인생에서 자동차를 없앤다는 것이 어떤 의미일지 잠깐 생각해 보세요. 정말 우리의 독립성이 줄어드는 것일까요? 아뇨, 전혀 그렇지 않아요. 오히려 훨씬 더 큰 자유를 만끽할 수 있어요. 주차할 자리를 찾아 헤맬 필요도 없고, 교통체증을 참아야 할 필요도 없고(기억하세요. 버스에서는 언제든 내려서 조금만 걸어가면 더 빨리 도착할 수 있어요), 졸음을 참을 필요도, 보험과 세금을 낼 필요도 없어요. 그뿐만이 아니죠. 휘발유값 인상에 스트레스를 받을 필요도 없고 도난이나 차량 파손 범죄를 염려할 필요도 없어요. 차량 구입과 유지에 들어가는 금액을 계산해 보면 이번 생은 물론 다음 생에서까지 평생 택시비를 지불할 돈과 맞먹는다는 생각이 들 거예요. 제가 조금 과장했을 수도 있지만 사실이 그래요.

자동차가 꼭 필요할 때는 복잡한 절차 없이 렌터카를 이용하면 돼요. 어차피 몇 년마다 한 번씩 차를 바꿀 거라면 사악한 값을 치르고 구입을 하는 것보다 착한 가격에 대여를 하는 게 나아요. 제 친구는 복잡한 곳에 여행을 갈 때 운전기사를 동반한 자동차 대여 서비스를 이용하더군요. 이제 그 친구는 절대 자동차 대리점에 가지 않아요. 차가 필요하면 ‘렌터카’ 센터에 연락하고 매번 최신 모델로만 대여를 해요. 그리고 현재의 지점에서 렌트한 차를 받아서 다른 지역으로 갔다가 기차를 타고 돌아오고 싶으면 그냥 그 지역 렌터카 지점에 차를 두고 오면 돼요.

물론 아이들을 학교에 데려다 줄 때 차로 갈 수는 없겠죠. 제 친구의 경우 집이 조금 외진 위치에 있거든요. 그래서 매일 비가 오나 눈이 오나 걸어서 데려다 줘요. 오히려 건강에는 훨씬 좋잖아요. 비가 오더라도 걷는 것은 몸에 좋아요. 전 그 친구가 부럽기도 하더라고요! 사실 저는 아직까지 자동차로부터 자유로워지지 못했거든요. 너무 오랫동안 자동차의 노예로 살았나 봐요. 가까운 거리도 차를 타고 가면 금방 도착할 거라는 생각을 하거든요.

간단하고 빠르게
자신을
가꾸는 방법

거울에 비친 여러분의 모습이 스트레스에 지쳐 있나요? 얼굴과 목에 광이 나게 하고 피부 표면을 매끄럽게 다듬는 데는 마스크 팩이 제일 좋아요. 각자의 피부 타입에 맞춰서 원하는 기능이 있는 제품을 고르세요. 딥 클린징 제품부터 영양 공급, 주름 방지, 리프팅 효과가 있는 제품까지 다양하게 판매되고 있죠. 피부가 지성이라 고민이라면 흔히 '떼어 내는' 팩을 사용해 보세요. 이 팩은 얼굴에 바르는 순간부터 건조하기 시작하고 완전히 마르면 떼어 내야 하는 팩이에요. 반대로 건조한 피부에는 수분 공급 효과가 뛰어난 물질이 들어 있어 피부가 수분을 흡수해 오래도록 유지할 수 있게 해 주는 크림 타입의 팩을 사용하는 게 좋아요. 피부 관리를 저녁에 할 거라면 두 가지를 지켜 주어야 해요. 먼저 팩을 하기 전에 얼굴과 목을 깨끗이 씻어요. 그리고 아침에 화장을 너무 많이 하지 말고요.

그리고 하루에 15분씩만 투자하면 셀룰라이트를 없앨 수 있어요. 욕조 가장자리에 한쪽 다리를 올리고(한쪽씩 교대로 하세요) 마사지를 시작하세요. 마사지 동작은 가볍게 쓸어 주기, 문지르기, 두드리기, 이완하기, 이렇게 네 가지인데 순서대로 해야 해요(어떤 동작이든 손이 움직이는 방향은 발목에서 사타구니 쪽으로, 즉 심장 방향이어야 해요). 가볍게 쓸어 주는 마사지를 할 때 손바닥에 오일이나 크림을 묻히세요.

반면 문지르기를 할 때는 손끝으로 살짝 누르면서 원이나 나선형, 혹은 8자를 그려야 해요. 두드리기는 순환 작용에 아주 중요한 역할을 하는 동작이에요. 기도할 때처럼 두 손을 모으고 피부가 약간 불그스름해질 정도로 두드리면 돼요. 너무 세게 할 필요는 없지만 그렇다고 너무 약하게 해도 효과가 없어요.

마지막으로 이완 동작에서는 두 손으로 종아리를 잡고, 잡은 상태 그대로 손에 힘을 주면서 위로 올라오세요. '스트레칭'은 영어의 'stretch(늘이다, 펼치다라는 의미)'에서 파생된

말이고, 혼자서 몸을 길게 늘이는 모든 동작을 가리키는 거
예요. 어떤 운동이든 운동 효과를 높이려면 먼저 스트레칭을
해 주는 게 중요해요. 그리고 따로 운동을 하지 않을 때도 스
트레칭은 아주 좋아요. 근육을 탄력 있는 상태로 유지시켜
주거든요. 그러면 뭐가 좋으냐고요? 근육이 이완되어 있으
면 독소가 쉽게 흡수되고 몸 전체의 긴장도가 높아져요. 그
러면 경련이 발생할 위험이 있거든요. 우리가 몸을 '펼칠' 때
하는 자연스러운 동작도 스트레칭이에요. 팔 뻗기, 상체를
좌우로 비틀기, 목 돌리기, 상체를 앞으로 수그려 양 손바닥
을 바닥에 짚는 것 같은 동작이 모두 스트레칭이랍니다. 한
동작마다 20초 정도 유지해야 하고 되도록 여러 번 반복하는
게 좋아요. 운동이 끝나면 마지막으로 시원한 물을 한 잔 마
셔 주세요.

마른 꽃잎으로
작품을 만들면서
안정을 찾아요

집에 있으면 가끔 취미나 창작활동을 할 수 있어서 좋아요. 게다가 뭔가 작품을 만들면 굉장히 만족스럽잖아요. 어느 날 마른 꽃잎으로 작품을 만드는 것을 배우면 좋겠다는 생각이 들더라고요. 혼자 있을 때 뭔가에 열중하면서 마음을 안정시키는 시간을 갖고 싶었거든요. 겨울에 일요일마다 따뜻한 방 안에서 그르렁 소리를 내는 고양이를 무릎에 앉혀 놓고 장미 옆에 어떤 꽃대를 놓을지 정하는 게 여유로운 삶이라는 생각이 들더라고요. 제가 요즘 여자들 같지 않다고요? 하지만 잘 생각해 보면 직장에 아이들에 살림까지 할 일이 너무 많은 생활에서 몇 시간만이라도 쪼개어 평소와 다른, 창작력을 자극하는 활동을 하는 것이야말로 그 어떤 것보다 현대적이지 않을까요?

저는 싱싱한 생화 다발만큼 드라이플라워도 무척 좋아해요. 그래서 라탄 바구니에 담아 놓기 시작했죠. 한동안 바구니에 담아 놓다가 도화지에 붙여 작품을 만들어 액자에 끼우기도 해요. 여러분도 한번 해 보세요. 정말 재미있을 거예요!

저는 마른 꽃잎과 나뭇잎으로 상상력을 발휘해서 예쁘게 꾸며 액자에 끼우는 것을 무척 좋아해요. 이제까지 만든 것 중 몇 개는 작은 앤티크 가구 위에 걸었는데 인테리어 효과가 꽤 괜찮더라고요. 이런 액자를 만들려면 나무에 천이나 도화지 혹은 벽지를 붙인 틀이 필요해요. 배경은 여러분이 붙이고 싶은 꽃잎과 어울리는 색상으로 선택하세요.

팁 꽃잎을 어떻게 배치할 것인지 미리 시험해 보는 게 좋아요. 전체적인 구성을 선택했으면 천이나 종이에 연필로 윤곽선을 그리세요. 꽃잎을 다 붙인 후에는 풀이 완전히 마를 때까지 건조시킨 후에 액자에 끼우세요.

납작하게 눌린 상태의 말린꽃과 잎으로 꽃무늬 엽서도 만들 수 있어요. 먼저 두꺼운 도화지를 원하는 크기로 자르고

(흰색이나 여러분이 붙이려고 하는 꽃을 부각시킬 수 있는 색상의 도화지를 사용하세요), 접착체로 꽃과 꽃잎을 붙인 다음 투명 접착필름으로 코팅하면 돼요.

팁 종이에 꽃을 올려놓고 풀칠을 하세요. 한꺼번에 많이 올려놓지 않는 게 좋아요. 마른 잎은 아주 약해서 부서지기 쉽거든요. 꽃잎을 다 붙인 후에 투명 접착필름을 씌우세요. 공기가 들어가지 않게 하려면 자로 도화지 위를 한 번 문질러 주기만 하면 돼요. 저는 자 대신 주방에서 쓰는 밀대를 사용한답니다.

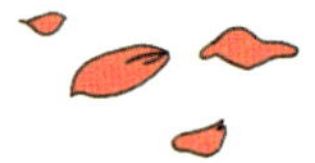

나만의
독서 공간

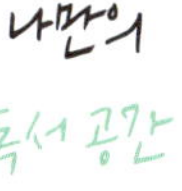

저는 서점에만 들어가면 흥분을 참지 못하고 최소 두세 권 정도의 책을 구입해요. 그래서 어떻게 됐을까요? 온 집에 책이 가득해요. 서재에 천장 높이의 책장이 있는데, 가끔씩만 뒤적거리는 책들이 보관된 맨 위칸은 사다리가 있어야 꺼낼 수 있어요. 제가 글쓰기나 그림 그리는 작업을 할 때 보는 책들과 계속 보다 말다 하는 책들은 손에 닿기 쉬운 곳에 둬요. 그리고 거실 소파 근처 탁자와 주방, 심지어 침실 협탁에도 소설책들이 쌓여 있어요.

책의 양이 너무 많아지면 책을 순서대로 보관하고, 특히 찾고 싶은 책을 금방 찾을 수 있도록 체계적으로 정리할 계획을 세워야 해요. 공부를 오래 한 친구 하나는 서재에 저자의 생년월일을 기준으로 고서를 정리해 놓았더군요. 하지만

이 방법은 제인 오스틴_{Jane Austen}이나 에밀 졸라_{Emile Zola}의 소설을 찾으려면 적어도 작가들이 몇 세기에 태어났는지 정도는 알아야 해서 불편한 것 같아요. 그 친구는 기억력 훈련의 차원에서 그렇게 했다는데, 가끔 손님들이 "콜로디의 『피노키오』좀 갖다 줘!"라고 말하면 적지 않게 당황하더라고요. 저 같은 경우는 그냥 세 가지 방법으로만 서재를 정리해요.

가나다순 저자의 성 첫 글자를 기준으로 정리하는 것이 아마 가장 일반적인 방법일 거예요. 이렇게 정리할 때는 책을 위쪽부터 꽂을 것인지 아래쪽부터 꽂을 것인지만 결정하면 끝이죠. 그리고 선반에 책을 꽂을 때 왼쪽에서 오른쪽으로 차곡차곡 끼워 넣으면 돼요. 작품의 종류가 소설이든 역사책이든 상관없이 작가의 성이 ㄱ인 책부터 시작해서 ㅎ까지 배열하세요. 물론 리사 비온디_{Lisa Biondi}의 요리책 옆에 아르바시노_{Alberto Arbasino}(이탈리아의 소설가이자 평론가)의 소설이 놓인다면 약간 백화점 매장 같은 효과가 나겠죠. 하지만 솔직히 말해서 우리가 찾는 책을 얼른 찾도록 하는 게 제일 실용적이고 간단한 방법이에요.

주제별 장르에 따라 책을 구분하는 것도 꽤 흔한 방법이고, 책을 찾기도 무척 쉬워요. 예를 들어, 선반 한 칸에는 국내 작가들의 소설을 꽂고, 다른 칸에는 해외 작가들의 책을 꽂아도 돼요. 그리고 다른 선반에는 에세이, 또 다른 선반에는 다른 장르의 책을 꽂고요. 이 방법을 사용할 경우, 저는 제일 위 칸에는 잘 읽지 않는 내용의 책들을 정리하고 자주 들춰 보는 안내서나 지침서 같은 것은 손이 잘 가는 곳에 보관하라고 권하고 싶네요.

출판사별 제 친구는 아델피Adelphi 출판사에서 출간한 심농Georges Simenon(벨기에 태생의 프랑스 소설가)의 추리소설을 나란히 세워 놓고 한꺼번에 보는 것을 좋아해요. 물론 이것도 좋은 방법 중 하나예요. 선반마다 펠트리니, 봄피아니, 몬다도리, 스펠링&쿠퍼 등 출판사별로 책을 구분해서 정리하는 거죠. 하지만 이 방법은 특정 작가의 책이 어떤 출판사에서 출간됐는지를 기억하는 사람만 사용할 수 있어요. 그리고 제 생각에는 책을 반복해서 구입하게 될 가능성도 생길 것 같아요. 서점에 갔을 때 책의 제목을 잊어버리는 경우가 있는데, 이럴 때는 그 책을 갖고 있는지 아닌지도 모르거든요. 그런데 출

판사에서 책의 커버를 바꿔서 재출간하면 똑같은 책을 또 사
게 될 수 있죠.

우리는 시간이라는 폭군에게 끊임없이 시달림을 당하죠. 그래서 시간 때문에, 시간이 없어서 중요한 일을 뒤로 미루게 돼요. "주말에 해야지." 확실하지도 않으면서 우리는 그런 말을 수도 없이 해요. 그리고 막상 주말이 되면 다른 일들에 밀려서 하려던 일은 손도 못 대고요.

지나치지 말고 꼭 해야 하는 일 중 하나는 바로 신문 읽기예요. 저는 신문을 읽지 않을 수가 없어요. 아침에 일간지를 구입하는 게 하루를 제대로 시작하기 위한 일종의 의식같이 되었거든요. 하지만 아침에 구입한 신문을 저녁에 읽게 되는 경우도 종종 있는데, 피로가 어깨를 짓눌러 올 때 편안하게 안락의자에 몸을 기대고 앉아 좋아하는 신문을 펼쳐요. 미뤄 뒀던 신문을 읽는 것도 제가 집에 있을 때 하기 좋아하는 일 중 하나예요. 하지만 어떤 때는 기사가 너무 길어서 엄두가 안 나기도 해요. 여러분도 그럴 때가 있죠? 걱정하지 마세요. 친구가 신문을 빨리 읽는 방법을 알려 줬거든요. 이 방법이 익숙해지면 10~15분이면 신문 하나를 읽을 수 있어요. 그럼 어떤 방법인지 함께 볼까요?

첫 장부터 읽기 시작하세요. 쓸데없는 짓인 것 같지만 그렇지 않아요. 신문을 읽을 때 사설이나 스포츠 기사부터 보는 사람이 있어요. 하지만 1면에는 보통 중요한 사건들이 모여 있거든요. 제일 중요한 사건이 어떤 것인지 파악하려면 '헤드라인'을 읽어야 해요.

여러분을 위한 기사를 선택하세요. 일간지를 처음부터 끝까지 다 읽을 필요는 없어요. 여러분의 관심이 가는 뉴스만 골라서 집중적으로 탐독하면 되죠.

부제를 읽으세요. 이탈리아 기자들은 신문의 부제는 이목을 집중시켜야 하는 것이라 여기기 때문에 '단춧구멍 보기'라고 불러요. 부제에는 기사에 적힌 내용이 요약되어 있고, 본 제목의 윗부분 두세 줄 정도의 문장이 핵심적인 내용을 담고 있답니다.

기사의 앞부분과 끝부분을 보세요. 신문을 만드는 사람들은 독자들이 그렇게 한가하지 않다는 것을 잘 알고 있어요. 그래서 기사의 시작 부분에 뉴스를 소개하고 마지막 문장에는 '결론'을 실어요. 그러니까 시작 부분은 꼭 읽어야 해요. 그리고 마지막 부분은 끝에서 두 번째 문장부터 읽으세요.

이름을 찾으세요. 이름을 찾는 건 어렵지 않잖아요. 일반적으로 기사의 주인공 이름이 나온 부분에는 전체 내용을 파악하는 데 필요한 정보들이 적혀 있답니다.

형광펜을 사용하세요. 기사가 실린 지면이 좁을 경우 뭔가 눈에 띄는 것이 있어야 잘 읽혀요. 형광펜의 색상은 노랑이나 초록, 주황색을 사용하는 게 좋아요.

기사를 스크랩하세요. 흥미로운 사건을 기억해 두고 싶으면 신문 기사를 보관하세요. 스크랩을 해 두면 나중에 여러분의 개인적인 호기심이 어떻게 변화했는지 돌이켜 볼 수 있어요.

사진을 훑어 보세요. 사진 주위에 적힌 설명글도 읽으셔야 해요. 가끔 꼭 알아야 할 뉴스의 핵심이 거기에 감춰져 있답니다.

진한 글씨를 보세요. 다른 글자보다 크고 진하게 인쇄된 문장에 주목하세요. 이 문장들만 읽어도 기사 내용을 금방 파악할 수 있어요.

음악은 경이로워요. 저는 클래식, 팝, 재즈, 록 등 모든 장르의 음악을 사랑해요. 그래서 제 기분 상태에 따라 다양한 음악을 골라서 들어요. 그리고 저는 음악을 너무 사랑하기 때문에 절대 배경음악으로 사용하지 않아요. 제게 음악은 화장을 할 때나 외출 준비를 할 때, 혹은 서랍 정리를 할 때 아무 생각 없이 틀어 놓는 하찮은 것이 아니에요. 저는 멜로디 하나하나가 마법 같고 꿈결 같은 순간을 선물해 주기를 바라거든요.

음악가는 자신이 작곡을 하는 동안 느끼고 상상했던 상징적이면서도 생생한 이미지를 소리를 통해 우리에게 전달하기를 바라죠. 하지만 음악에 담긴 기쁨과 슬픔, 분노, 사랑의 감정은 집중해서 들어야만 느낄 수 있어요. 한 곡의 노래

226

가 그 어떤 사진보다 더 생생하게 우리를 과거로 되돌려 보내고, 한 자락의 재즈 선율은 불꽃으로는 달궈지지 않는 우리의 마음을 뜨겁게 만들고, 클래식 한 곡이 수천 마디의 말보다 더 위로를 줄 수 있어요. 하지만 제가 보기에 요즘은 어디서든 음악을 듣는 즐거움이 사라진 것 같아요. 슈퍼마켓에 가도 음악이 나오고, 택시를 타도 미장원에 가도 음악이 틀어져 있어요. 저는 예전처럼 음악에 시간을 투자한다면 좋겠어요. 예전에는 조용한 분위기에서 음악을 감상했고 음악이 우리의 마음과 정신에 아름다운 경험을 선물했거든요. 그래서 저는 음악을 더 잘 감상할 수 있는 방법을 찾았어요.

요즘은 저녁 식사 시간에 음악을 틀어 놓는 게 습관이 됐죠. 레스토랑에 가도 친구 집에 가도 항상 음악을 틀어 놓고 식사를 해요. 하지만 이야기를 나누면서 음악을 제대로 듣기는 힘들죠. 음악 소리 때문에 멀리 앉은 친구가 하는 말이 잘 들리지 않을 수 있어서 오히려 음악이 대화에 방해가 돼요. 그래서 저는 식사 시간에는 음악을 틀지 않으려고 해요. 틀더라도 디저트를 먹을 때만 실내악이나 피아노 솔로 곡을 선택해요. 가벼운 곡을 틀면 경쾌한 분위기를 조성하는 데 도움이 되거든요.

운전할 때 볼륨을 너무 높지 않게 하고 음악을 들으면 무척 감미롭죠. 하지만 다른 사람이 동승했을 때는 여러분이 선곡한 음악을 함께 듣겠냐고 물어봐야 해요. 일행이 대화를 나누고 싶다고 하면 음악 감상은 포기하는 게 나아요.

마지막으로 하루에 한두 번쯤 음악을 듣는 시간을 가지라고 여러분 모두에게 권하고 싶어요. 그냥 생각 없이 듣는 게 아니라 곡의 음조에만 열중하는 시간을 가지라는 거예요. 소파에 앉아서 헤드폰을 끼고 좋아하는 곡을 들어 보세요. 제가 말하는 음악 감상은 사무실에서 일을 할 때나 쇼핑을 할 때, 혹은 조깅을 할 때 이어폰을 꽂고 듣는 음악 감상이 아니에요. 저는 시골길이나 공원에서 뛸 때 차라리 나뭇잎이 살랑거리는 소리를 듣는 게 더 좋더라고요.

세계적인 피아니스트 글렌 굴드 Glenn Gould 는 음악을 제대로 즐기려면 네 가지 규칙을 지켜야 한다고 말했어요.

곡에 대한 정보 수집하기 작곡가의 삶과 그가 곡을 작곡할 당시의 시대적 배경을 알아야 해요.

듣기 곡의 기교를 파악하려면 곡을 여러 번 반복해서 들어야 해요. 그것도 조용한 분위기에서요.

생각하기 감상을 하는 동안 곡에 담긴 의미가 무엇이고 작곡가가 전달하고자 하는 것은 무엇인지 분석하세요.

재정리하기 감상이 끝나면 곡에 대해 종합적으로 생각해야 해요. 곡에서 무엇이 제일 좋았는지, 어느 부분에서 감정이 풍요로워졌는지를 생각해 보세요. 곡에 대한 감상평을 적어 보면 생각을 정리하는 데 많은 도움이 될 거예요.

한 해가 저물어 가는 시기가 오면 자연스럽게 종교에 대해 생각하게 돼요. 저는 신앙심을 키우는 게 아주 중요하다고 생각하거든요. 종교는 우리가 당당하게 삶에 대적하는 데 도움을 주고, 삶의 규칙을 만들어 주고, 전통도 지킬 수 있게 해 주죠. 그렇다고 어느 한 종교에 얽매일 필요는 없어요. 인간을 초월하고 우리를 미덕이 넘치는 공간으로 인도해 주는 느낌이 드는 종교이기만 하면 되죠.

저는 이슬람교도들이 기도하는 것을 볼 때마다 놀라워요. 예전에 공항에서 어떤 사람이 바닥에 작은 매트를 펼쳐 놓고 메카^{Mecca}(이슬람교 창시자인 마호메트가 태어난 곳, 이슬람교 최고의 성지) 쪽을 바라보면서 기도를 올리는 것을 봤어요. 그리고 제 지인 한 분은 식사 전에 꼭 성호를 그렸죠. 저는 이렇게 공개적인 장소에서도 민망해 하지 않고 종교적인 행동을 하는 것이 왠지 매력적으로 보여요. 그리고 기도를 하지 않더라도 집에 종교적인 공간을 마련해 두는 것도 문화를 보존하는 것이라고 생각해요. 제가 보기에는 신앙심을 키우려면 몇 가지 행동이 동반돼야 하는 것 같아요. 어떤 행동들인지 여러분께도 알려 드릴게요.

사랑은 두말할 것도 없이 종교의 기본 중 하나죠. 아무런 구분이나 차별 없이 이웃을 사랑하는 사람만이 자비를 베풀 줄 알고 주변 사람이 무엇을 필요로 하는지도 헤아릴 수 있어요.

소통하는 것도 중요해요. 다른 사람의 이야기를 들어주고 이해할 의지를 갖는다면 대인관계 자체가 사랑의 매개물이자 표현의 수단이 될 수 있어요.

명상하기는 종교 활동에 꼭 필요해요. 조용하고 편안한 장소가 있으면 깊은 명상을 하는 데 도움이 돼요. 우리의 내면을 헤아리고 개선시키려면 혼자서 조용히 명상을 할 수 있는 공간이 반드시 있어야 해요. 저희 할머니 댁에는 항상 예배를 드릴 때 사용하는 작은 제단이 있었어요. 여러분도 이런 아름다운 전통을 되살려 가족들의 신앙심을 높여 보세요. 한쪽 구석에 작은 공간을 마련하고 매일 몇 분씩만 명상하는 시간을 갖기만 하면 돼요. 그럼 명상 공간은 어떻게 마련해야 하는지 살펴볼까요?

그리스도교 벼룩시장에서 오래된 기도대를 찾아냈어요. 말끔하게 수리를 해서 침실에 두었더니 다른 가구들과도 아주 잘 어울리더라고요. 그리고 순면 커버를 씌운 작은 직사각형 쿠션을 올려놓아서 무릎을 대고 있어도 아프지 않아요. 아침저녁으로 매일 그 기도대에 무릎을 꿇고 잠깐 동안 기도를 하거나 명상을 하는 것이 큰 기쁨이 됐어요. 기도 시간이 지나고 나면 왠지 모를 만족감이 느껴진답니다.

유대교 제 친구 중에 유대교도가 한 명 있는데, 그 친구는 거실에 자신만의 예배당을 만들었어요. 그 집 탁자에는 웅장한 '메노라_menorah_'가 놓여 있어요. 메노라는 고대 예루살렘 성전에 켜 놓던 일곱 갈래로 나뉜 촛대예요. 성유로 불을 밝히는 이 촛대는 유대교 전통의 상징물이랍니다.

불교 '정정 正定, samma samadhi'은 내면을 올바른 상태로 유지해 스스로를 억제하는 능력을 말해요. 이 삼마 사마디를 수련할 때는 작은 제단에 여러분 마음에 드는 불교 성물을 몇 개 올려놓고 명상을 하시면 돼요.

이 외에 한 가지 더 팁을 드리자면, 요즘은 특정한 방식으로 종교성을 드러내는 게 유행이에요. 하지만 그런 유행에는 신경 쓰지 마세요. 저는 되도록 진실하게 우리의 삶과 마주하기 위해 진지하고 꾸준하게 자신의 내면을 탐구해야 한다고 생각해요.

지난주에 친구들끼리 아주 즐거운 모임을 하나 계획했어요. 바로 독서 모임이에요. 무엇보다 매일 똑같은 일상적인 리듬을 벗어나 색다른 시간을 가지는 거여서 즐거울 것 같아요. 해야 할 일은 산더미 같은데 하루 일정은 너무 바쁘고 시간은 언제나 부족해서 몇 시간 동안 친구들과 시집이나 읽으면서 한가롭게 여유를 부린다는 것이 불가능해 보이잖아요. 그런데 왜 이런 모임을 가질 생각을 했냐고요? 문득 우리가 이끌어 가는 생활과 그 생활의 리듬, 그리고 우리가 우선순위에 두고 있는 것들에 대해 생각하게 됐어요. 그런데 마음의 양식을 쌓기 위한 시간을 갖기가 정말 어렵더라고요. 오프라 윈프리Oprah Winfrey는 자신의 텔레비전 쇼와 잡지를 통해 여성들에게 스스로를 개발하라고 끊임없이 가르치더군요. 스스로를 발전시키려면 창작을 위한 공간뿐 아니라 조용한 시간, 혹은 명상의 시간도 가져야 해요.

친구들과 만나서 최근에 본 리얼리티 쇼에 대해 이야기하는 것보다 즐거운 독서 시간을 갖는 편이 훨씬 더 건설적이에요. 정말이라니까요! 요즘 우리는 독서가 주는 즐거움을 잃어버려서 친구들에게 책에서 본 좋은 구절을 읽어 주는 게 이상해 보일 정도가 됐어요. 예전에는 아주 흔한 일이었는데 말이죠. 이른 오후에 독서 모임을 가진 뒤 다른 일정도 진행할 거예요. 혹시 여러분도 이런 모임을 해 보고 싶다면 제가 몇 가지 조언을 드릴게요.

초대장을 보내세요. 일단 저는 친한 친구 세 명에게 전화를 해서 제 의도를 설명했어요. 제일 믿음이 가는 친구들을 선택했더니 기꺼이 제 계획을 받아들였어요. 이렇게 친구들과 의견이 잘 맞아야 모임 중에 웃음이 터져서 독서를 중단하는 사태가 일어나지 않아요. 제 친구들은 모두 반색을 하면서 차 한 잔 마시러 저희 집에 오겠다고 했고, 마음의 준비도 하고 오겠다고 약속했어요. 제가 큰 소리를 책을 읽는 순서도 있으니 준비하고, 각자 좋아하는 책도 가져오라고 했거든요.

 저는 에밀리 디킨슨Emily Dickinson의 시 한 편과 엔초 비안키Enzo Bianchi가 쓴 세계 모든 종교의 기도에 대한 책 중에서 한 페이지, 그리고 이렌 네미로프스키Irène Némirovsky의 소설『프랑스 조곡Suite française』일부를 소개하기로 했어요. 그리고 조금 남사스럽지만 제가 최근에 출간한 책『매력Charme』에 대해서도 이야기할 거예요.

 저는 소파와 안락의자 앞에 독서대를 놓었어요. 공간을 잘 배치하는 게 중요한데, 극장처럼 객석과 무대를 분리시켜야만 앞에 나간 사람이 뭔가 부자연스럽고 인위적으로 연출된 분위기에 있다고 느껴요. 그래야 책을 소개하는 사람이 자신이 낭독을 해야 하는 입장이라는 것을 인식해서 목소리의 높낮이와 자세, 그리고 손동작까지 진짜 낭독회처럼 할 수 있죠.

 모임 당일, 차를 마시고 난 후에 제가 먼저 낭독을 시작했어요. 이럴 때는 항상 집주인이 행사를 시작하고 분위기도 달궈야 하잖아요. 친구들도 제가 읽던 책의 내용에 금방 빠져들더군요.

236

서로 책을 교환하세요. 친구의 책에 관심이 있거나 책 소개 시간에 들었던 내용을 처음부터 끝까지 읽고 싶을 수 있잖아요. 그러니까 서로 책을 빌려주세요.

저는 오래전부터 일요일을 재미있게 보내는 방법을 연구했어요. 사실 오후에 상영하는 영화를 보러 간다거나 친구들과 피자를 먹는 사소한 일밖에 없었지만요. 그런데 최근에 새로운 아이디어가 떠올랐고, 한 번 시도해 봤는데 아주 큰 성공을 거뒀어요. 바로 친구 두 명과 간단한 요리 경연을 벌이는 거였어요. 평가는 어떻게 했냐고요? 그건 당연히 남편과 애인들이 했죠. 정말 일요일이 눈 깜빡할 사이에 지나가 버리더라고요. 그날 어떻게 진행이 되었는지 이야기해 드릴게요.

경연할 요리를 선택하세요. 저는 최고의 프리모 피아토primo piatto(네다섯 코스 요리 중 식전주를 제외하고 두 번째로 나오는 요리로, 주로 탄수화물류의 음식이 제공돼요)와 후식을 뽑는 경연대회로 결정했어요. 여러분은 에피타이저와 세콘도 피아토 secondo piatto(세 번째로 나오는 요리. 주로 생선이나 육류가 제공돼요), 혹은 최고의 디저트만 뽑는 대회도 열어 보세요. 중요한 것은 이 작은 경연대회가 일요일 하루의 '소금' 역할을 해야 한다는 거예요.

거실을 정리하세요. 저는 친구들에게 오후 일찍 집으로 오라고 하고, 친구들의 남편과 애인은 요리가 끝날 즈음에 오라고 했어요. 그리고 음식이 차려지기를 기다리는 동안 카드놀이라도 하라고 거실에 초록색 탁자를 갖다 놨어요. 친구들이 오기 전에 주방에도 필요한 도구들을 준비했어요. 그리고 음식 재료와 냄비 등은 각자 가져오라고 했어요. 저한테 라사냐를 요리할 프라이팬도, 후식을 담을 라미킨 ramekin(한 사람이 먹을 분량의 음식을 담아 오븐에 굽는 작은 그릇)도 세 개씩 있지는 않거든요.

일요일 아침에는 주방을 정리했어요. 될 수 있는 한 쓸데없는 것들은 치우고, 평상시에 사용하는 선반장 외에 보조 탁자도 하나 더 갖다 놨죠. 마지막으로 친구들과 똑같이 입으려고 멋진 요리사 앞치마 세 개도 준비했어요.

 저는 제일 맛있는 프리모 피아토 요리와 후식의 이름을 적어 넣을 수 있게 종이와 봉투를 준비해서 바구니에 넣어 놨어요. 사람이 뽑히는 게 아니라 음식이 뽑히는 거예요. 공정한 심사를 위해서는 이게 정말 중요해요! 그리고 참가자에게도 투표를 할 수 있도록 했어요. 남편과 애인들 중에서 투표 심사관을 뽑아서 비밀 투표로 진행되도록 했죠. 남자들은 누가 어떤 요리를 했는지 모르고, 우리 여자들만 아는 거죠. 스포츠 정신에는 조금 어긋나지만 여자들은 본인 자신의 요리를 뽑을 수 있어요. 그리고 프리모 피아토와 후식에 곁들일 적당한 와인도 잊지 마세요.

마지막으로 한 가지 더, 저는 되도록 제일 엉망이고 단순한 요리를 뽑으라고 권하고 싶어요. 왜냐하면 이런 경연을 여는 진짜 목적은 서로 즐기자는 거니까요. 경연에서는 제 친구 알렉산드라의 카르치오피 리소토와 제가 만든 배 수플레가 우승했답니다!

공간을 위한 간단한 팁

지금 손님을 접대할 계획을 짜고 계신가요? 중요한 식사 자리에서는 식탁 옆에 음료수 서빙용 수레를 놓으면 아주 유용해요. 접시들이 수레에 놓으면 식사를 하는 공간을 가능한 넓게 사용할 수 있어요. 식기를 내놓을 때도 요긴하게 사용할 수 있고요. 그리고 케이크를 옮길 때 주방에서 다 준비한 후 한 번에 손님들에게 내놓을 수도 있어요.

저는 칵테일을 좋아해요. '칵테일cocktail'은 수탉의 꼬리라는 뜻이에요. 실제로 알록달록한 색상이 수탉의 꼬리와 비슷한데, 드링크drink(알코올 음료)나 롱 드링크long drink(알코올과 비알코올을 혼합해 주로 긴 유리잔에 나오는 음료)는 기나긴 여름 동안 자주 마시게 되죠. 맛있는 칵테일을 만들려면 이런저런 술을 마구잡이로 섞기만 해서는 안 돼요. 향료와 주스, 허브 등의 재료와 조화되려면 술을 잘 선택해야 하고, 또 정확한 용량을 지켜야 마법의 맛이 탄생할 수 있죠. 어느 것 하나 대충 넣는 게 없어요. 레시피와 제조법을 그대로 따라야 해요. 여러분이 창작을 하거나 즉흥적인 시도는 자제해 주세요. 베르무트vermouth(포도주에 약재와 당분을 혼합한 혼성주) 한 방울만 더 들어가도 칵테일의 맛을 버릴 수 있거든요.

칵테일에 들어가는 재료는 여러 가지가 있는데, 베이스base(기주)와 커렉터corrector(중화제)로 구분할 수 있어요. 베이스는 칵테일의 기본이 되는 술로, 진이나 위스키, 보드카, 럼 등을 사용해요. 커렉터는 맛을 보정하는 재료이고 베르무트, 향신료, 시럽, 과일주스를 주로 사용하고요. 대부분의 칵테일은 아주 차가운 상태로 마셔요. 하지만 칵테일에 들어갈 얼음을 냉동고에 너무 오래 넣어 두지는 마세요. 아이스 트레이의 플라스틱 냄새가 얼음에 밸 수 있거든요.

저는 카이피리냐caipirinha와 대중적인 블러디 메리Bloody Mary를 가장 좋아하는데, 다른 칵테일 레시피도 많이 알고 있어요. 제가 칵테일을 준비하고 손님들에게 대접하기 위해 필요한 것들을 모두 적어 봤어요.

도구

믹싱 글라스 재료들을 넣는 혼합 유리잔이에요. 원뿔형이고 칵테일을 컵에 따를 수 있도록 한쪽에 주둥이가 있어요.

스터stir 손잡이가 긴 스푼이에요. 믹싱 글라스에 들어 있는 다양한 재료를 혼합할 때 사용해요.

스퀴저squeezer 가끔 작은 과육 찌꺼기가 남기는 하지만 저는 전

동보다 수동을 선호해요.

소다사이폰 칵테일에 톡 쏘는 맛을 가미해 줘요. 하지만 술이 밖으로 흘러나오지 않도록 조심스럽게 뿌려야 해요.

안주

야채 드링크나 다른 술을 마실 때 씹어 먹을 수 있는 '크뤼디테 crudités (당근, 샐러리, 펜넬 등의 생야채)'를 안주로 자주 올려요. 이 밖에 감자칩, 아몬드, 땅콩, 치즈도 좋고요.

햇양파 햇양파 특유의 신맛이 알코올이나 단맛이 강한 과일 주스와 혼합한 칵테일과 아주 잘 어울리고 색다른 풍미를 내 줘요.

올리브 마티니 드라이 Martini Dry (드라이 베르무트와 진을 혼합한 칵테일)와 네그로니 Negroni (비터 캄파리, 베르무트 레드, 오렌지를 넣은 칵테일)를 비롯해 여러 칵테일과 함께 먹어요.

잔

글라스 샴페인을 베이스로 한 칵테일이나 생크림을 첨가한 드링크에 잘 어울려요. 널찍하고 용량도 커서 생과일을 올리기 편해요.

작은 글라스 얼음이 없는 쇼트 칵테일을 담을 때 많이 사용해요. 하지만 사용하기 전에 컵을 차갑게 한답니다.

플루트flute '스파클링sparkling(기포가 들어간 술)' 드링크와 벨리니Bellini(스파클링 백포도주 프로세코Prosecco와 복숭아 주스가 들어가는 칵테일)같이 과일즙을 베이스로 한 칵테일을 담을 때 사용해요.

롱 텀블러long tumbler 얼음을 넣은 롱 드링크를 담기 좋아요.

셰리 글라스sherry glass 셰리 와인(스페인산 식전주)용 잔이에요. 셰이크 칵테일을 접대할 때도 좋아요.

| 믹싱 글라스 | 스터 | 스퀴저 | 소다사이폰 |
| 글라스 | 작은 글라스 | 플루트 | 롱 텀블러 | 셰리 글라스 |

햇살이 따뜻한 날씨가 시작되면 다들 반팔 티셔츠를 꺼내 입고 테라스나 정원에서 저녁 식사 계획을 세우느라 분주해지죠. 그럼 우리도 친구들을 초대할 준비를 해 볼까요? 저는 저녁 초대를 할 때마다 뭔가 사소하지만 재미있는 저만의 새로운 아이디어를 동원해서 친구들을 깜짝 놀라게 하고, 초대를 하면서 자신들을 배려했다는 느낌이 들게 하려고 애써요. 간단하지만 애교 있게 집 테라스 탁자를 꾸며 보면 좋을 것 같아요. 그 탁자에 앉을 친구들을 위해 정성스러운 표시를 해 두는 거예요. 말하자면 친구들을 특별 대접하는 거죠.

예를 들어, 좌석표를 준비해 보세요. 손님 수가 많지 않아서 혼란스럽지 않더라도, 손님들의 이름이 적힌 작은 카드를 올려놓으면 식탁 분위기가 더 밝아지고 손님을 향한 관심도 전달될 거예요. 하지만 매번 똑같은 디너파티가 되지 않게 하려면 계속 좌석표만 사용하면 안 되겠죠. 아이디어와 창의력을 동원해서 참신하고 즐거운 파티를 계획해야 해요. 제가 여러분께 몇 가지 아이디어를 드릴게요.

간단한 메모 접시마다 겉표지에 손님의 이름이 적힌 수첩을 올려놓으세요. 거기에 저녁 식사에 대한 평가나 의견을 적어서 분위기가 한껏 무르익었을 때 읽으면 아주 재미있을 거예요. 식사가 끝난 후에도 모두에게 즐거운 추억으로 남을 거고요.

맛있는 반지 피자 반죽을 약간 길고 얇게 민 다음 양쪽 끝을 붙여서 반지 모양을 만들어(지름이 냅킨을 말아 넣을 수 있을 정도로 넉넉해야 해요) 오븐에 넣으세요. 15분 정도만 구우면 냅킨 홀더 완성이에요. 냅킨 말고 손님의 이름을 적은 종이를 끼워 넣어도 돼요.

깃발꽂이 라임 가장자리에 색이 들어간 종이 라벨이 필요해요. 준비한 라벨의 한쪽 모서리를 이쑤시개에 한 번 감싸고 붙여 작은 깃발 모양이 되게 하세요. 깃발마다 손님의 이름을 적

어서 깨끗하게 씻은 라임에 꽂은 다음 지정된 손님 자리의
접시에 세팅하면 돼요.

우표 모양 스티커 문구점에 가면 우표 모양 스티커가 있을 거예
요. 사이즈가 큰 것을 구입해야 냅킨에 붙일 수 있어요. 우표
마다 손님의 이름을 적으시면 돼요. 다양한 색상을 구입하면
식탁 위가 더 알록달록해져서 눈에 확 띄겠죠.

테이블웨어 세트 뷔페식으로 디너파티를 열 때는 손님의 이름을
적은 리본이나 넓은 고무 밴드로 테이블 세트(접시, 식기류,
냅킨)를 묶어서 준비하면 편해요. 차곡차곡 쌓아서 놓으면
자리도 별로 차지하지 않고, 손님들이 각자 자기 이름이 적
힌 세트를 가져가도록 하면 되겠죠.

⏰ 시간을 절약하는 간단한 팁

친구들을 저녁 식사에 초대하면 참 좋죠. 하지만 항상 급하게 준비해야 하잖아요! 장도 봐야 하고 음식도 해야 하고 테이블 세팅도 해야 하고……, 꽃 따위를 사러 갈 시간은 엄두도 낼 수 없죠. 그래서 제가 식탁 중앙에 놓을 부케를 만드는 기발한 방법을 개발했는데 여러분께도 알려 드리려고요. 저는 식탁보와 집 전체의 색감에 어울리는 조화로 부케를 만들었어요. 요즘은 월계수 가지와 복숭아나무 가지로 만든 화병에 꽂아 두고 있죠. 언제나 시들지 않고 아름다운 자태를 뽐내는 부케랍니다!

저녁 식사를 성공적으로 치르려면 이것저것 신경 써야 할 것이 많아요. 정돈도 잘 해야 하고 메뉴도 세심하게 선택해야 하고, 특히 다들 각자의 개성이 있는 손님들이 적당한 자리에 앉도록 해야 해요.

디바 어디를 가든 여신 같고, 시선이 집중되는 친구가 있잖아요. 그런 친구를 상석에 앉히세요. 그 친구는 좋은 자리에 앉게 돼서 행복해 하겠지만, 대화를 독점하도록 내버려 두면 안 돼요.

아웃사이더 원래 뭉쳐 다니지 않던 친구나 외국인 친구, 혹은 타지에서 온 손님에게는 친절하고 맞장구를 잘 쳐 주는 바람둥이 같은 친구의 옆자리를 주세요.

바람둥이 유쾌한 친구는 항상 한 명쯤 초대하세요. 저녁 식사 자리를 성공적으로 끝내려면 그런 친구가 꼭 있어야 해요. 자리는 식탁의 왼쪽이나 오른쪽 중앙에 배정하시고요.

소심한 손님 손님 중에서 소심한 사람이 있다면 소심한 구석이 전혀 없는 사람 옆에 앉히세요. 스트레스도 덜 받고 쓸데없는 걱정 없이 식사를 즐길 수 있을 거예요.

정치가 이런 사람의 대화는 눈여겨보세요. 이야기의 주제가 너무 정치적인 쪽으로 흘러가면 여러분이 대화 내용을 바꾸셔야 해요. 정치가는 디바 옆에 앉게 하세요. 여신이 정치가에게 숨 돌릴 틈도 주지 않을 거예요.

엔터테이너 엔터테이너의 자리도 식탁 왼쪽이나 오른쪽 중앙이에요. 이 손님이 하는 이야기가 재미있으면 저녁 식사 시간 내내 활기에 차 있을 거예요.

 사람들에게 이야기해 줄 흥미로운 소식이 많은 사람이 옆에 있으면 참 좋죠. 지식인이나 여행가는 영양가 있는 이야기를 해 줄 거예요.

 손님들이 계속 볼 수 있도록 여러분은 상석에 앉아야 해요. 여러분이 명랑하게 대화에 참여하면, 손님들도 똑같이 할 거예요.

⏰ 시간을 절약하는 간단한 팁

혹시 고가의 은식기류나 셰필드Sheffield산 식기를 갖고 계시나요? 이런 식기들을 깔끔하게 항상 손이 닿는 곳에 보관할 수 있는 방법을 발견했어요. 여러분께만 살짝 알려 드릴게요. 수공예점에 가서 커다란 나무 상자를 천으로 감싸고, 상자 안에는 포크와 수저, 나이프를 분리해서 넣을 수 있도록 칸을 만들어 달라고 하세요. 저는 이 식기 상자를 그릇장에 넣어 놓고 중요한 저녁 식사가 있을 때 꺼내요. 순식간에 테이블을 세팅할 수 있답니다.

정치가
디바
아웃사이더
엔터테이너
바람둥이
소심한
손님
지식인
주인

우리의 의지와는 상관없이 하루 종일 이런저런 일에 끌려 다
닌 것 같은 불쾌한 기분이 들면 저녁에는 그만 지쳐서 뻗어
버리게 되죠. 직장과 집안 살림, 두 가지 모두 빨리빨리 해치
워야 하는 일들이에요. 매일 똑같은 하루하루는 단숨에 지나
가지만, 이런 반복적인 일상은 우리의 성격에 부정적인 영향
을 끼치고 말아요. 어떻게 해야 이 판에 박힌 일상을 긍정적
으로 바꿀 수 있을까요?

　저는 수첩을 들고 다니면서 일정을 관리하고, 시간을 어떻
게 사용할지를 결정하고, 내일 당장 제게 다가올 일주일을 미
리 계획하는 법을 터득하면서부터 긍정적으로 변화할 수 있
었어요. 말하자면 제가 제 인생의 주인이라는 느낌을 주도록
작은 술책을 쓰기 시작한 거죠. 이런 술책 중에서 아주 간단

한 것인데, 우리가 자주 무시하거나 고민도 하지 않은 방법이 있어요. 바로 각자의 여가 시간을 계획하는 것이랍니다.

주말은 우리 스스로에게 상을 주고 에너지를 재충전하기 위해 필요한 시간이에요. 주말이 오기를 기다리지만 말고 미리 누구와 어떻게 보낼지 생각해 보세요. 그러면 즐거운 기대감으로 일주일을 보내는 데 도움이 될 거예요. 하지만 주말만 여가 시간인 것은 아니죠. 저녁 식사 후의 시간도 만족스럽게 보낼 수 있어요. 그 시간을 어떻게 관리해야 할지 한 번 볼까요?

주간 계획을 세우세요. 집 밖에서 주말을 보내고 왔으면 월요일 저녁에는 한 주의 계획을 세우는 시간을 가지세요. 원기를 회복해 주는 차를 한 잔 하면서 친구에게 전화를 해서 금요일에 영화 약속을 잡으세요. 화요일 저녁 시간은 여러분이 좋아하는 잡지를 읽거나 소설책 한 권을 앞에 놓고 보내세요. 독서도 기분전환에 좋은 작은 사치예요. 저는 특히 몸이 많이 지쳤을 때 침대에 누워서 책을 펼치라고 권하고 싶어요. 열 줄 정도 읽으면 자연스럽게 잠에 빠지게 될 거예요. 수요일 저녁은 잡다한 일들을 처리하세요. 다림질도 해야 하고 이런저런 서류도 확인하고, 서랍 정리도 해야 하죠. 다 할 수 있을지 어떨지는 생각하지 말고 시간을 정해 두고 여러분 마음에 내키는 일을 하세요.

기회를 만드세요. 한 달에 한 번, 금요일 저녁에 애프터 디너파티를 열어 보세요. 저는 이 파티를 좋아해요. 부담도 없고 요리를 해야 할 필요도 없고 남자 친구까지 초대할 수 있잖아요. 하지만 중요한 것은 항상 여러분이 이런 기회를 만들어야 한다는 거예요. 예를 들어, 여러분이 직접 만든 마멀레이드를 맛보는 자리를 마련해도 되고요. 누군가 시칠리아 섬에서 갖다 준 특별한 말바시아Malvasia 백포도주를 시음할 수도 있고요. 아니면 어느 단체의 자선 사업을 도와줄 성금을 모으는 모임을 가질 수도 있죠(이 경우에는 미리 손님들에게 통보해야 해요). 파티 중에는 차와 파이, 독한 술을 내놔 보세요.

또 한 가지 중요한 게 있어요. 아무리 분위기가 유쾌하고 대화가 활기를 띠고 있다고 해도 밤 11시가 되면 손님들을 보내세요. 피로에 지쳐 하루를 마감하지 않기 위해서요. 손님들이 모두 최고로 편안한 상태일 때 중단하는 것이 나아요. 그러면 다음 파티에도 기꺼이 참석할 거예요.

피크닉

준비 끝!

이베이를 돌아다니다 보면 이런 광고를 볼 수 있어요. "최상 품질의 피크닉 바구니 팝니다. 1960년대 제품이지만 새것 같아요. 정말 세련된 영국산 바구니예요!" 사진을 보니 정말 예쁘더라고요. 경매 시작 금액은 1.99유로(한화 약 2,800원)부터고요. 재밌을 것 같아요! 구글Google 검색 엔진에서 '피크닉 바구니'를 입력하고 검색하니 저렴한 바구니에서 고급스러운 것까지 다양하게 선택할 수 있도록 엄청나게 많은 사이트들이 뜨네요. 피크닉이 다시 대유행하고 있는 모양이에요.

제 눈에는 피크닉이 연상되는 옷들이 더 눈에 띄네요. 흰색과 분홍색 체크무늬와 흰색과 하늘색 체크무늬가 들어간 비시Vichy산 원단으로 만든 원피스들이에요. 화창한 날씨가 탁 트인 야외에서 한낮을 보내라고 유혹할 때, 아이들이나 친구들과 잔디밭에서 맛있는 간식을 즐기면 그보다 더 행복할 수 있을까요? 저는 보통 피크닉을 이렇게 준비해요.

테이블보와 그릇 도자기 접시와 유리컵, 은식기만 있으면 더 이상 바랄 게 없죠.

고급스럽고 세련된 일회용 식기 토마토와 물만 마실 수도 있지만 잘 손질된 하얀 리넨 식탁보 위에서라면 분위기가 완전히 달라져요. 종이 접시와 알록달록한 플라스틱 포크도 요즘은 정교하게 잘 나오니까 그런 것을 사용해도 되고, 식탁보도 종이 재질의 흰색과 빨간색 체크가 들어간 것으로 대체해도 돼요. 이때 냅킨은 빨간색을 선택하세요.

효과적인 레시피 치킨은 식어도 아주 맛있게 먹을 수 있는 메뉴예요. 손으로 집어 먹을 수 있도록 미리 조각을 내서 요리하세요. 그리고 파니니나 토스트, 소시지와 치즈, 차가운 칠면조 고기나 연어를 넣은 샌드위치 정도는 있어야 모두의 입맛을 맞출 수 있을 거예요. 삶은 계란도 잊지 마시고 바질과 섞은 토마토, 깨끗이 씻은 제철 과일도 꼭 여러 가지 준비하세요.

푹신한 쿠션 쿠션을 집에만 두지 마세요. 바닥에 앉아서 식사를 할 때나 피크닉이 끝난 후 낮잠을 잘 때 머리를 기댈 것이 필요하잖아요.

잊지 말아야 할 것들 깡통따개, 병따개, 올리브오일과 식초, 소금, 후추도 꼭 챙기세요.

정말
완벽한 생일

제 주변 친구들은 대부분 아이가 있어서 가끔 제게 조언을 구해요. 자주 듣는 질문 중 하나가 아이들 생일에 어떻게 즐거운 파티를 열 수 있겠냐는 거예요. 생일에 케이크 하나와 과자만 준비할 수는 없죠. 파티 주인공과 친구들이 모여 있을 때는 한순간도 방심하면 안 돼요. 자칫하면 아이들이 고삐 풀린 망아지처럼 집 안 구석구석을 뛰어다녀서 파티가 아니라 아수라장이 될 수 있거든요. 모든 파티 일정이 여러분의 통제 하에 진행되게 하려면 제 조언을 따라해 보세요.

개별 초대장 최소 일주일 전에 같은 반 친구들과 이웃 친구들에게 초대장을 전해 줘야 해요. 초대장에는 파티가 열릴 장소의 주소와 파티 시작 시간, 그리고 확인 전화를 할 수 있는 전화번호가 적혀 있어야겠죠.

초대 손님의 개성에 맞춘 초대장은 참 좋은 아이디어인 것 같아요. 화려하고 재치 있는 초대장을 만들어 보세요. 어린 아이들은 새끼 동물 그림을 보면 좋아할 거예요. 아이들마다 다른 동물을 그려 주는 게 좋겠죠. 파티 주인공이 초대장을 같이 만드는 것이 무엇보다 중요해요. 아이가 직접 다람쥐나 강아지 등 친구들을 위한 동물을 선택해서 그림을 그리거나 동물 모양을 카드에 붙이게 하세요. 아니면 아이가 종이를 직접 손으로 접거나 가위로 오려서 배, 꽃, 비행기 모양 초대장을 만들 수도 있어요. 사춘기 또래의 아이들에게는 노래 가사나 만화가 들어간 카드가 좋아요. 컴퓨터를 능숙하게 다룰 줄 안다면 스캐너와 사진 편집 프로그램(포토샵)을 이용해서 초대할 친구의 얼굴이 들어간 초대장을 만들어 보세요. 친구들 사진은 학급 사진 같은 것을 이용하면 될 거예요.

장식 벽장식, 풍선, 파티플래그는 파티가 열릴 방에 꼭 있어야 하는 소품들이죠. 기존의 벽장식 말고 집 안 여기저기에 커다란 데이지 꽃이나 종이 금붕어를 붙여도 예쁠 거예요(문구점이나 백화점에서 구입할 수 있어요).

특이한 과일 간식　품질 좋은 과일주스를 준비하고 탄산음료는 되도록 피하세요. 빵과 조각피자, 샌드위치도 준비하고, 후식으로는 초를 꽂은 케이크만 있으면 돼요.

아이들 간식에 과일이 빠지면 안 되죠. 바나나와 배, 사과, 귤, 살구에 사람 얼굴이나 표정, 마스크 같은 것을 그려서 아이들의 관심을 끌어 보세요. 무독성 사인펜이나 식물성물감을 사용해야 해요(화방이나 대형 문구점에서 판매해요). 과일마다 눈, 코, 입을 그리고 콧수염과 머리카락도 몇 가닥 그려 넣으세요. 그리고 만화 주인공과 비슷한 이름을 적은 카드를 붙여 주세요. 예를 들면, 발레리나 바나나 문, 요리사 빨간 사과, 카우보이 존 배, 이런 식으로요. 과일 바구니를 보기만 해도 너무 재미있어서 아이들이 무척 좋아할 거예요.

보물찾기　꼬마 손님들이 즐겁고 재미있는 시간을 보내게 하는 데는 보물찾기가 안성맞춤이에요. 우승 팀에게 금화(사실은 금화 모양 초콜릿이죠)가 가득한 보물 상자(두꺼운 도화지나 나무로 만든 상자)를 상으로 주면 아이들이 훨씬 더 열심히 찾을 거예요.

꼬마 손님들에게 선물을 하나씩 하세요. 플라스틱 칼이나

가면(모든 아이들에게 똑같은 모양을 줘야 해요), 여자아이들에
게는 장난감 목걸이가 좋겠죠. 아이들 모두에게 아주 즐거운
오후로 기억될 거예요.

저는 깜짝 파티를 정말 좋아해요! 어느 날 저녁 집에 도착해서 현관문을 열고 들어섰는데…… 친구와 친척들이 초를 꽂은 케이크를 들이밀면서 한목소리로 "축하해!"라고 외치는 소리를 듣는 거예요. 그보다 더 감동스러운 일이 또 있을까요? 가만히 기억을 더듬어 보니 친구들이 전화를 해서 뜬금없이 수요일에 무엇을 하는지 물어봤고, 언니도 똑같은 수요일에 소개해 줄 사람이 있다며 집에 올 거라면서 몇 시에 퇴근하는지 물어봤어요. 깜짝 파티 계획을 세우고, 또 그 계획을 비밀에 감춰 두려면 작은 거짓말들이 필요해요. 그리고 모든 계획이 성공을 거두고 깜짝 파티의 주인공이 감격에 빠져 "그래서 그랬었구나!"라고 말하면 모두에게 만족스러운 결과를 얻은 거죠.

어린 시절에 이런 이벤트를 선물 받으면 평생 잊지 못할 추억이 될 거예요. 주인공 모르게 파티를 계획할 수 있는 기회는 참 많아요. 생일(물론 생일에 여는 깜짝 파티가 제일 많겠죠)도 있고, 진급(학교나 직장에서)이나 성명 축일처럼 생일 외에 한 해에 한 번 정도 찾아오는 날에 해도 되고, 약혼이나 결혼기념일, 그리고 못할 게 뭐 있겠어요? 크리스마스에도 할 수 있어요.

맛있는 음식이나 특별하고 재미있는 장식만 가지고는 깜짝 파티를 성공시킬 수 없어요. 그럴듯한 분위기를 만드는 게 중요해요. 친구들과 함께 파티를 계획해도 좋지만 혼자서도 할 수 있어요. 한때 만나던 남자 친구가 런던의 큰 투자은행에 취직했을 때 제가 계획했던 멋진 깜짝 파티가 떠오르네요. 그날 그에게 현관문을 열어 줬을 때 저는 이브닝드레스를 입고 있었고, 집 안에는 촛불 하나만 켜 있었어요. 그리고 문 앞에는 커다란 선물 상자가 버티고 있었죠. 하지만 상자만 컸지, 안에 들어 있던 선물은 행운을 가져다주는 작은 은 코끼리였어요.

그때 저는 성공적인 깜짝 파티를 위해서는 몇 가지 규칙을 지켜야 한다는 것을 알았죠. 무엇보다 중요한 것은 놀래야 한다는 거예요. 파티 주인공이 놀라서 입이 벌어질 정도가 돼야 해요. 그리고 애정의 마음이 전달돼야 해요. 선물이든 한 마디의 말이든 주인공이 애정을 느낄 수 있는 무엇인가가 필요해요. 마지막으로 재미있어야 해요. 분위기가 활기에 차고 즐거워야 파티라고 할 수 있잖아요. 이런 파티를 계획하려면 감각도 약간 필요하고 위험도 감수할 줄 알아야 해요. 무슨 이유가 생겨서 깜짝 파티가 실패하더라도 '그래도 쇼는 계속돼야 하죠The show must go on.'

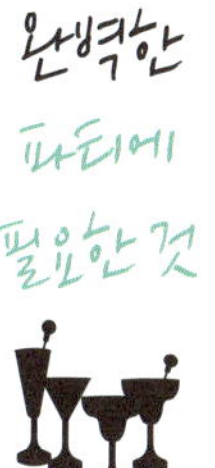

완벽한 파티에 필요한 것

여러분이 파티를 열 때 필요한 게 없냐고 묻는 사람들이 있죠? 그러면 평범하게 "고맙지만 괜찮아"라고 대답하기보다는 초대할 친구들에게 맡길 수 있는 작은 일들을 적은 목록을 만드세요. 한 친구에게는 코트를 받아 달라고 하고, 다른 친구에게는 초를 켜 달라고 하고, 또 다른 친구에게는 와인 병을 따 달라고 부탁할 수 있을 거예요. 그리고 아이스 트레이를 채운다든지 뷔페 접시에 음식을 담아 달라든지, 혹은 샐러드를 섞는 일도 친구들에게 시킬 수 있죠. 마음이 통하는 친구에게는 접시와 컵을 주방으로 나르는 것을 도와달라고 부탁할 수 있을 거예요. 그런데 이건 더러운 그릇들을 만져야 하는 거니까 친한 친구에게만 부탁하는 게 좋겠죠.

제가 집에서 파티를 할 때 최소한 필요한 것들을 알려 드릴게요. 싱크대가 그릇으로 가득 차지 않게 하려면 컵은 되도록 포갤 수 있는 것으로 선택하고, 식기세척기를 사용한다면 식기세척기에 넣기 좋은 것으로 고르세요. 저는 펜으로 이름을 적어 넣은 플라스틱 컵을 정말 싫어해요. 그런 컵은 아이들 파티에 사용하세요. 개인 접시와 대접시, 큰 그릇은 육류와 야채, 과일 혹은 과자를 돋보이게 할 수 있도록 다양한 모양으로 구성된 세트 상품으로 마련하세요. 그리고 제가 갑작스러운 초대에 완벽하게 대비하기 위해서 주방 선반에 놓여 있어야 할 것들을 꼽아 봤으니 살펴보세요.

작은 트레이와 소접시 작은 트레이는 여러 벌의 식기를 올려놓을 수 있는 다용도 아이템이에요. 장식적인 효과도 있고 작은 식전요리부터 초콜릿, 쿠키까지 여러 가지를 한꺼번에 담을 수도 있고요.

컵 크리스털 세트를 놓을 자리가 없다면 컵은 목이 길고 좁은 것과 낮고 넓은 형태, 이 두 가지만 마련하세요. 긴 컵은 음료와 롱 드링크용이고, 낮은 컵은 물과 얼음을 넣은 주류를 마시는 용도예요.

식탁보와 냅킨 식탁보는 기본적인 흰색이나 크림 색, 혹은 파란 색 같은 단색으로 구입하세요. 아무 때나 사용할 수 있고, 단색이 훨씬 세련돼 보여요.

병따개와 주방 도구 병따개는 서랍 깊숙이 넣어 두지 마세요. 파티 중에 병따개를 찾느라 보물찾기를 하게 될 수 있어요. 미리 컵 옆에 준비해 두는 것이 나아요.

데코레이션 너무 과하게 장식하지 마세요. 양초 등으로 분위기만 살짝 내도 괜찮아요. 아니면 파티 당일에 싱싱한 생화 한 다발을 사서 뷔페 테이블 중앙에 세팅하세요.

⏰ 시간을 절약하는 간단한 팁

친구들과 저녁에 조촐한 파티를 하려고 하는데 간편하게 서서 먹고 싶다면 좋은 아이디어를 알려 드릴게요. 주방용품 상점에 가서 '컵홀더 접시'를 구입하세요. 컵을 꽂을 수 있는 홀더가 있어서 한 손에 접시와 컵을 동시에 들고 다른 한 손은 자유롭게 해 주는 아이디어 상품이에요. 이 접시를 사용하면 여러분에게 어떤 장점이 있냐고요? 파티가 끝나고 설거지거리가 반으로 줄어 있을 거예요.

새해 첫날은 파티를 해야 하는 날이죠. 대가족이고 친구도
많은 사람들은 사랑하는 사람들과 함께 행복을 나눌 수 있는
날이니까요. 하지만 저 같은 싱글족은 다들 모여서 축배를
들고 있을 때 혼자 쓸쓸히 보내고 싶지 않다면 어디 초대라
도 받도록 뭔가를 해야 해요. 어쨌든 모든 분들에게 몇 가지
조언을 드릴게요.

혹시 여러분 집으로 친척이나 친구들이 오나요? 그럴 경
우에는 약간의 준비만 하면 돼요. 12월 31일 저녁에는 준비
하기 편하고 쉽게 먹을 수 있는 애피타이저류를 기본으로 해
서 식사를 하세요. 이탈리아에서는 자정이 되면 렌즈콩과 잠
포네(돼지족발의 뼈를 제거하고 음식을 채워 넣은 요리로, 새해
전날 먹는 이탈리아 전통식이에요)를 내놓아요. 여기에 이탈리

아산 스파클링 와인을 빼놓으면 안 되겠죠. 건배를 할 때 요한 스트라우스의 곡을 틀어 놓으면 경쾌하고 열정적인 비엔나 왈츠 리듬 때문에 새해를 축하하는 기분이 훨씬 더 즐거워질 거예요. 그리고 탁자와 의자는 미리 벽 쪽으로 밀어 거실 중앙에 널찍한 공간을 마련해 놓는 것도 잊지 마세요. 그래야 흥이 오르면 춤도 출 수 있잖아요.

새해 첫날은 늦잠을 자기 쉬워요. 전날 여러분의 집에 초대했던 친구의 집에 가서 브런치를 먹으면 더없이 좋겠죠. 미리 전화만 한 통 걸어 놓으면 될 거예요. "31일에는 우리 집으로 와. 1일에는 너희 집으로 갈게." 브런치는 준비하는 사람이 크게 부담을 느끼지 않을 거예요. 전날 밤에 이미 포식을 해서 다들 그다지 허기지지 않을 테니까요. 무엇보다 새해를 함께 시작하는 자리라는 게 의미 있는 거죠. 달걀과 베이컨, 샐러드, 차가운 로스트비프 정도면 충분해요. 새해 첫날부터 요리에 매달리고 싶지 않다면 다 같이 레스토랑으로 가도 돼요. 단, 며칠 전에 미리 예약을 해야 할 거예요.

파티에 가는 친구들과 합류하고 싶으세요? 남편도 애인도 없으면 한 해의 마지막 날을 건배도 못하고 지내게 될 수 있어요. 이럴 경우에는 걱정만 하고 있지 말고 친구들에게 여러분의 상황을 애교 있게 말해 보세요. 근래 만나지 못했더라도 전화를 해서 여러분이 한가하다는 것을 알리세요. "나 새해 첫날 혼자 있어. 아무도 없단 말이야. 누가 나 좀 초대해 줘!"라고 말하고 한바탕 크게 웃어 주세요. 분명히 한 명쯤은 송구영신 파티를 계획했을 것이고, 여러분에게도 초대의 말을 전할 거예요.

아니면 여러분처럼 싱글인 친구에게 31일 저녁을 함께 보내자고 제안해 볼 수도 있잖아요. 공연이나(파티 기분을 느낄 수 있는 우아한 드레스를 입어 볼 기회네요) 영화를 보러 가도 되고, 멋진 곳에서 저녁 식사를 해도 되고요(예약은 필수예요).

마지막 조언을 드릴게요. 여러분은 어떤지 모르지만, 저는 새해 첫날 늘어지게 자고 아침에는 게으름을 피우다가 오후나 되어서 움직이는 것을 좋아해요. 햇살이 따뜻하면 공원에 나가서 조깅을 하기도 하죠. 자연을 느끼며 새해를 시작하는 것이 참 좋더라고요.

아이디어 하나 더!

매년 똑같은 메뉴의 전식과 프리모, 세콘도 피아토, 과일로 상을 차린 똑같은 크리스마스 파티가 지겨우세요?(이탈리아에서 주로 나오는 식사 순서예요.) 그럼 '초콜릿 파티'를 계획해 보세요. 초콜릿은 수많은 특성이 있고 그 유래도 독특해요. 초콜릿은 기원전 600년경에 마야족이 발견했어요. 마야인들은 초콜릿을 두고 지혜와 힘의 음료라는 이름을 붙였고 카카오 씨가 천국에서 온 거라고 말했대요. 거의 마법의 음료라고 생각했던 거죠. 초콜릿은 항산화 및 항우울 작용을 해요. 머드 케이크나 쿠르트(파이에 잼을 발라 구운 과자), 크런치 초콜릿, 플럼 케이크, 초콜릿 퐁당 등 네다섯 가지 정도의 초콜릿 디저트를 만들어 보세요. 그리고 케이크를 놓을 크리스털 쿠키 트레이를 몇 개 구입해서 식탁 바로 앞에 있는 그릇장에 넣어 두세요. 또 하트, 큐브, 다이아몬드, 공 모양의 틀에 헤이즐넛과 같은 견과류를 넣어서 작은 초콜릿도 많이 만드세요. 틀에서 빼낸 후에는 카카오 가루를 솔솔 뿌리시고요. 파티 상을 준비하고, 아름다운 하얀색 레이스 식탁보를 까세요. 그리고 오렌지와 레몬, 양초를 넉넉히 구입해서 촛대나 유리잔에 넣어 식탁을 장식하세요. 마지막으로 녹색으로 조금 더 장식을 하고 싶으면 전나무 가지나 호랑가시나뭇잎, 루스쿠스 나뭇잎 등 겨울나무를 이용하시면 돼요. 전등은 다 끄고 군데군데 양초만 켜서 세련되면서도 따뜻하고 특별한 날이라는 분위기를 연출하세요. 참, '초콜릿 파티'에는 멋진 와인 잔에 따른 샴페인을 곁들여야 해요.

휴대전화 용품 휴대전화는 여행 내내 여러분과 함께하죠. 하지만 충전기를 챙겨 가지 않으면 거의 쓸모가 없어요. 그 밖에 휴대전화 이어폰이 있으면 라디오나 음악을 들을 때 유용해요.

옷 먼지 제거용 롤러 몇 번만 훑어 주면 고양이 털이나 길에서 묻은 먼지가 다 제거돼요. 아마 이런 것까지는 생각도 안 해 봤겠지만, 이 작은 물건이 깔끔하게 보이는 데 굉장히 유용하다는 것을 알게 되실 거예요.

잃어버리기 쉬운 서류 신분증, 여권, 운전면허증. 이런 것들은 미리 복사해 두는 것 잊지 마시고 복사본은 원래 신분증과 다른 곳에 넣어 가세요. 신분증이나 서류를 분실하거나 도난당

했을 때 아주 유용할 거예요.

바늘쌈지 비행기를 탈 경우에는 검문을 당할 수 있으니 가위는 빼 두세요. 하지만 실과 바늘은 언제라도 필요할 수 있으니 챙겨 가세요. 작은 파우치 세트를 구입하면 부피는 작아도 옷핀까지 없는 게 없이 다 들어 있어요.

멀티 어댑터 다른 나라로 여행을 갈 때 콘센트용 어댑터가 필요할 거예요. 미국 같은 경우 우리와 플러그 모양이 다르거든요. 이 어댑터만 있으면 휴대전화를 충전하거나 전기면도기, 헤어드라이기를 사용하는 데도 아무 문제없어요.

접이식 헤어드라이기 호텔마다 헤어드라이기가 비치되어 있는 것은 아니라서 아예 집에서 가져가는 게 마음 편해요. 여행용은 접이식으로 된 것을 선택하세요. 요즘은 접이식도 분무기나 헤어롤 같은 액세서리가 내장된 것이 있어요.

메모용 수첩 수첩에 친구들 전화번호 외에 은행 전화번호, 신용카드와 수표를 분실했을 경우를 대비해서 사용 정지 서비스 신청 전화번호, 그리고 보험사 연락처도 잊지 마세요.

예비용 열쇠 집과 자동차 열쇠를 두 개씩 복사해서 여러 가방에 나눠서 넣어 두세요. 하나가 없어져도 예비용이 있으니 차를 견인해 달라고 하지 않아도 되죠.

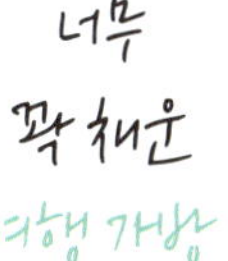

휴가를 가는 방법은 여러 가지가 있지만, 여행 가방을 싸는 원칙은 딱 하나예요. 꼭 필요한 것만 챙기는 거죠. 제발 제 친구처럼 "필요할지도 모르잖아" 하면서 있는 것 없는 것 다 집어넣지는 마세요. 저는 오랫동안 여행을 하면서 어디를 가든 쓸데없는 것은 치우고 되도록 짐을 가볍게 해서 떠나야 한다는 것을 깨달았어요. 짐을 줄여야 한다는 생각이 점점 더 자연스럽게 커지더라고요. 그래서 제 여행 가방에는 필요 없는 물건들이 하나둘씩 빠져나가게 됐죠.

예전에는 그런 물건들이 있어야 마음이 편하고 왠지 저를 지켜 줄 것만 같았는데, 막상 여행지에 가면 거의 필요하지 않았어요. 그러니까 여러분도 한가득 휴가 갈 가방을 쌌다면, 지금 당장 다시 여세요. 저와 함께 짐을 살펴보면서 확실히 여러분한테 필요 없는 것들부터 빼기 시작해요.

신발을 몇 켤레나 챙기셨어요? 알다시피 바다에 갈 때는 두 켤레면 충분하지 않나요? 샌들 한 켤레와 조금 더 우아한 구두 한 켤레면 어떤 장소를 가든 충분해요. 해변에서는 신발을 벗으면 되죠. 그리고 플립플랍(요즘 다시 유행하고 있죠) 한 켤레를 더 준비하면 언제나 편하게 신을 수 있어요.

치렁치렁한 롱스커트와 주름스커트도 빼세요. 시원한 리넨 바지 한 벌과(리넨 바지는 주름이 생겨도 예뻐요) 미니스커트 두 장, 남방 두 장만 넣으세요. 여름에 청바지는 너무 더우니까 넣지 마시고요. 반바지 하나와 사롱을 하나 챙기세요. 여름에는 사롱이 훨씬 실용적이고 편해요.

수영복도 두 벌만 있으면 돼요. 열 벌까지는 필요 없잖아요. 화장품 케이스요? 그것만 집에 두고 가도 짐이 몇 킬로그램은 가벼워질 거예요. 샴푸와 크림, 메이크업 제품 몇 가지는 현지에 가서 구입하세요(바닷가에서는 화장을 잘 안 해요. 한다고 해도 아주 살짝만 하고요. 그러니까 메이크업 제품도 최소한만 구입하세요). 그리고 휴가지가 사막이 아닌 이상 어디를 가든 치약과 비누도 다 팔아요.

Arrivals →

아이들 짐을 쌀 때는 다들 생각이 달라지는데요. 저는 아이들 짐도 거의 아무것도 가져가지 않아도 된다고 생각해요. 꼬마 친구들은 바닷가에서 벌거벗고도 잘 다니고 속옷만 입혀도 되거든요. 가져가더라도 티셔츠 두 장만 가져가서 더러워지면 빨고 바지도 두 벌, 샌들 한 켤레 정도만 챙기면 돼요.

그리고 약도 많이들 가져가죠. 휴가를 떠날 때 감기에 걸리거나 목이 아플까봐 걱정하잖아요. 그런 일 거의 없으니까 걱정하지 마세요. 그 많은 약을 여기저기 끌고 다닐 필요가 없어요.

장신구도 두어 개만 챙기고 비싼 것들은 집에 두고 가세요. 가져가도 액세서리용만 가져가세요. 이제 꼭 필요한 것만 남기고 뺄 것은 다 뺐으니 좋아하는 책 한 권과 CD 한 장만 추가하면 돼요. 휴가지에 가면 여러분이 가져간 물건만으로도 충분하다는 것을 알게 될 거예요.

그리고 휴가지에서 정신없이 사랑에 빠졌는데 갑자기 새 남자 친구에게 뭔가 특별한 감동을 주고 싶어진다면, 현지 상점에서 심플하면서도 완벽한 드레스를 한 벌 구입하세요. 그 옷은 돌아올 때 가져오면 되죠. 어쨌든 떠날 때 가방은 가볍게, 희망은 가득 채워서 출발하세요.

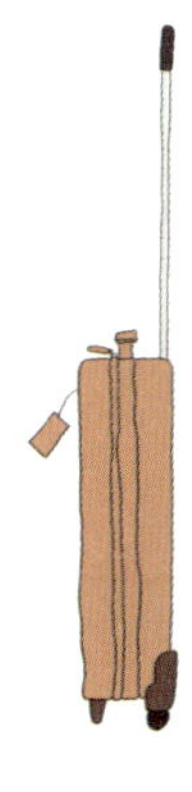

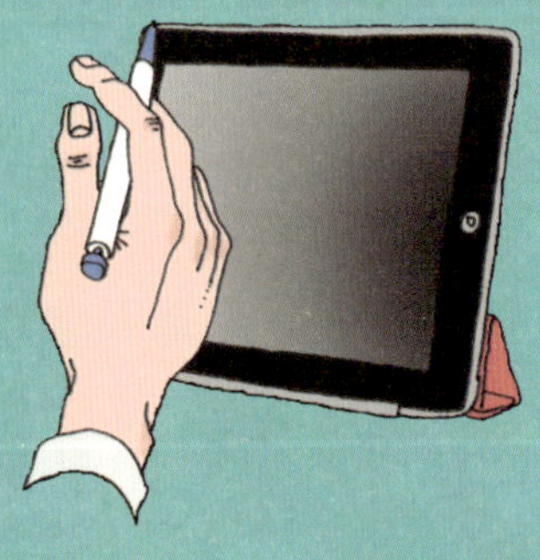

05

일이
우리를
지치게
만들지 않기

끝내야 하는 일이 있는데 몇 개월, 어떤 때는 몇 년 동안이나
마무리를 짓지 못하고 질질 끌고 있으면 그것만큼 찜찜한 게
없죠. 뭔가를 끝내지 못한 느낌은 건강에도 나쁜 영향을 끼
쳐요. 대학을 다니다가 졸업을 못하게 되면 대부분 좌절감을
느낄 거예요. 거의 모든 교육 과정은 마쳤는데 시험이 두세
개 정도 남으면 졸업을 할 수가 없어요. 물론 그럴 만한 이유
가 있겠죠. 누구나 자신의 삶은 자신이 원하는 대로 선택하
는 거니까요. 하지만 저는 되도록 빨리 중단한 채 내버려 둔
시험을 처리하고 어떻게 해서든 이제까지 열심히 노력해서
들어간 대학 과정을 끝내라고 충고하고 싶어요.

여러분이 일찍부터 직업 전선에 뛰어들어야 해서 어쩔 수
없이 학업을 포기한다고 칩시다. 그러면 아마 처음으로 직장

인이 됐을 텐데, 직장인은 자신이 맡은 일을 완벽하게 해야 해요. 회사에서는 여러분이 새 직업에 전념하려고 시험을 소홀히 할 수밖에 없었다고 이해할 수 있어요. 하지만 어느 정도 시간이 지나면 업무가 점점 더 과중해져서 판에 박힌 일상을 살게 될 거고, 인생을 다시 설계해야겠다는 생각을 또 하기 시작할 거예요.

그럼 일단 여러분이 이수해야 하는 과목의 담당 교수님에게 상담을 신청하세요. 교수님께 여러분이 처한 상황을 솔직하게 털어놓고 수업에 출석하기는 어려우니 학점을 받을 수 있는 다른 과제를 내 줄 수 있는지 문의해 보세요. 원래의 전공과 관련된 과목을 선택하고 교수님이 추천한 책으로 공부하면 남은 시험도 잘 치를 수 있을 거예요. 전보다는 조금 더 힘들겠지만 여러분이 원래 하던 공부보다 더 많은 것을 배우고 싶은 열의를 갖고 있다는 것을 보여 주면 시험장에서 아주 좋은 인상을 줄 수 있을 거고요. 시험을 하나 더 보면 심리적으로도 여러분에게 도움이 될 거예요. 시험이 다른 그 누구도 아닌 여러분을 통제하는 것이고 여러분 자신의 실력 양성에 중요한 역할을 하는 것이라고 생각하게 만들고, 그로 인해 자책감에서 벗어나게 해 줄 테니까요.

준비만 하면 간단하게 마지막 시험들을 청산할 수 있어요.
더 이상 미루지 마세요. 한 달 동안 저녁 시간에 열심히 공부하고, 또 네다섯 번 정도의 주말을 공부에 바치면 완벽하게 준비될 거예요. 부모님과 애인(혹은 남편)을 기쁘게 해 주세요. 물론 그 누구보다 여러분 자신이 제일 큰 만족감과 성취감을 느끼겠죠.

사무실 복귀.
아, 정신없어!

휴가를 끝내고 일상으로 돌아오면 절망적인 느낌에 사로잡히게 되죠. 다시 다람쥐 쳇바퀴 도는 듯한 업무를 시작하는 것이 피곤할 수 있어요. 게다가 자리를 비운 사이에 업무는 쌓이고 또 쌓여 있을 테고요. 이럴 때는 어떻게 해야 책상에 쌓인 산더미 같은 업무를 처리할 수 있을까요?

업무로 복귀하기 위한 첫 번째 단계는 머릿속을 정리하고 용무의 긴박성과 기한, 약속 등 해야 할 일의 우선순위를 매기는 거예요. 이 작업을 할 때는 소매를 걷어붙이고 커피도 한 잔 마시고 곧바로 행동으로 옮기세요. 저는 중간에 지치지 않으려고 힘든 일과 간단한 일을 번갈아서 해요. 한 시간에서 최대 두 시간 동안은 책임감과 집중력을 많이 요구하는 일을 하고, 아직 마무리가 다 되지 않았더라도 일단 중단하고 자동응답기에 녹음된 메시지를 듣는다든가 하는 가벼운 일로 넘어가는 거예요. 이런 식으로 일을 하면 하루가 훨씬 덜 힘들어요.

그리고 컴퓨터와 '씨름'을 해야 해요. 저는 제목을 봐서 지나간 뉴스나 쓸데없는 내용이 담긴 메일은 열어 보지도 않고 버려요. 그 외에 나머지는 다 인쇄하고요. 인쇄한 문서는 날짜순으로 정리해서 필요할 때 바로 찾아볼 수 있도록 서류 전용 보관함에 넣어 둬요.

하지만 상황이 아주 심각하고 카드와 청구서, 메일이 홍수처럼 밀려들면 구급대에서 응급상황을 관리하는 방법을 따라 하는 것이 도움이 될 수 있어요. 예를 들어, 당장 봐야 하는 서류에는 모두 빨간색 스티커를 붙이고, 며칠 미뤄도 되는 서류는 파란색, 잊어버려도 되는 서류에는 노란색 스티커를 붙이는 거예요. 이 방법은 꽤 효과가 좋아서 회사 몇 곳에서는 이미 실무에 적용하고 있어요. 하지만 어떤 일에서든 예방이 치료보다 낫다는 것을 잊으면 안 돼요.

앞으로는 휴가를 가기 전에(크리스마스 휴가 때도 마찬가지예요) 사무실을 엉망으로 해 놓고 가지 맙시다. 2~3일 정도

한 시간씩 더 남아서 정리를 하면, 우리의 전쟁터가 거울처럼 반짝일 거예요. 책상을 완벽하게 정리하고 서류는 분류해서 묶어 두고 날짜 지난 신문은 버리고 서랍도 잘 정돈하고, 수없이 쏟아져 들어온 스팸 메일을 모두 삭제하세요. 사무실을 난장판으로 놔두고 가 버리면 할 일을 안 했거나 대충 했다는 느낌이 생길 것이고, 휴식의 의미도 퇴색할 거예요. 그리고 다시 사무실에 돌아왔을 때 더 난장판이 되는 것은 두말할 것도 없죠.

얼마 전에 이사를 했는데, 이번 집에는 제가 일도 하고 집안 살림과 관련된 일도 빨리 처리할 수 있는 '코너 사무실'을 마련했어요. 사무실이 생겼으니 대학 졸업장부터 아파트 관리비 영수증까지 서류란 서류는 모두 모아 놨죠. 청구서나 가족 서류, 계약서, 우편물을 모두 모아 놓을 수 있는 공간을 마련하는 것은 아주 중요한 일이에요. 이런 공간을 마련하는 데 특별히 가구가 많이 필요하지는 않아요. 책상 하나, 서랍장 하나, 그리고 선반 하나 정도 있으면 될 거예요. 하지만 그보다 더 중요한 것은 모든 서류를 정확한 자리에 보관하는 데 사용할 액세서리예요. 무엇이든 정해진 자리에 있어야 필요할 때 시간을 허비하거나 당황하지 않고 바로 찾을 수 있잖아요. 무엇이 필요한지 알려 드릴게요.

코르크 보드 벽에 코르크 보드를 걸어 두면 아이들 생일 파티에 초대할 손님 명단이나 시간제 가사도우미의 전화번호, 치과 주치의 선생님이 써 준 메모, 일주일 동안 해야 할 일을 적은 계획표 등을 핀으로 꽂아 둘 수 있어요. 이렇게 해 두면 원하는 정보를 단번에 찾을 수 있답니다.

서류함 책상을 깔끔한 상태로 유지하려고 이 서류함을 여러 개 사용해요. 여기에는 업무 관련 메모, 견적서, 검토해야 할 서류와 같이 나중에 다시 정리할 것들을 넣어요.

튼튼한 바인더 법률에 관련된 서류라 적어도 7년은 보관해야 하는 서류들을 넣어 두는 데 필요해요. 바인더마다 은행 우편물, 보험증서, 세금 납부 영수증, 벌금 영수증, 계약서 등 내용물이 무엇인지 적은 라벨을 붙이세요. 그리고 선반 위에 나란히 꽂아 두면 보기에도 깔끔해요.

뚜껑 없는 상자 우편물을 넣어 두기 딱 좋아요. 세 개 정도 각각 다른 색상으로 마련하는 게 좋을 것 같아요. 하나는 처리해야 할 실무 서류와 서신용으로, 다른 하나는 돈을 내야 할 청

구서와 영수증용, 세 번째는 발송할 편지와 서류를 담아 두
세요.

다양한 크기의 상자 사진이나 아이들 그림을 비롯해 간직하고 싶
은 추억이 담긴 것들을 넣어 둘 때 유용해요. 공간을 덜 차지
하게 하려면 선반 위에 차곡차곡 쌓아 놓으면 되고요.

작은 바구니 돌아다니는 신문을 그냥 두면 집이 어질러지죠.
바구니 두 개에 나눠 담아 놓는 것이 훨씬 실용적이에요. 한
쪽에는 온 지 얼마 안 된 신문을 넣고, 다른 한쪽에는 다 읽
고 버릴 신문을 넣어 두세요.

저는 얼마 전부터 집에서 일하기 시작했어요. 제 사무실에서 꼼짝하지 않고도 이런저런 업체들이나 업무 파트너들과 계속 연락을 주고받고 있죠. 처음에는 모든 게 실험적이었어요. 휴대전화와 무선전화를 구분하지도 못하고, 서류는 소파에 내던져 놓기도 하고, 주방에 주스를 짜러 갔다가 식탁에 서류를 갖다 놓고 잊어버리기도 했어요. 그러던 어느 날 결심했죠. "좋아, 나는 집에서 일하고 싶은 거잖아? 그렇다면 계획을 짜야겠어."

일단 업무용 책상을 깨끗이 비우고 한가운데 컴퓨터를 놨어요. 요즘은 책상에 서류를 어질러 놓지 않고 전부 다 전산으로 보관하니까 컴퓨터는 꼭 필요해요. 책장도 세 칸 비웠어요. 그리고 납작한 상자처럼 생겼는데 단추로 봉할 수 있는 보관함을 몇 개 샀어요. 서류를 모아 놓는 용도로 종이에 구멍을 뚫어야 하는 보관함은 되도록 사용하지 않으려고요. 통화를 하면서 손으로 다른 일을 할 수 있도록 스피커폰도 설치했어요. 탁상용 주간 스케줄표도 구입했고요. 마지막으로 탁자 위에 튤립을 한 다발 올려 둬서 여성스러운 분위기를 연출하는 것도 잊지 않았어요. 지금까지 한 번도 꽃이 없었던 적이 없어요.

집에 코너 사무실이 있으면 살림과 관련된 서류 보관에도 유용해요. 중요한 것은 서류를 주제별로, 옛날 것과 요즘 것을 구분해서 정리하는 거예요. 그러려면 그룹으로 나눌 서류들의 명칭도 신경 써서 지어야겠죠. 예를 들어, '은행', '집', '회사', '보험', '보건'과 같이 종류별로 서류를 정리하면 새로 서류를 추가할 때도 빨리 넣을 수 있고, 찾을 때도 편리해요.

서류 보관은 아주 중요해요. 예를 들어, 집 매매 서류들은 광택이 없는 인쇄용지에 3부씩 복사해 두세요(광택이 있는 인화지는 시간이 지나면 인쇄 내용이 흐려지는 경향이 있어요). 문서 보관이 중요한 이유는 한 가지 더 있어요. 바로 우리의 역사를 가장 잘 증명해 주는 서류를 모아 두는 것이기 때문이에요. 어느 현인은 이런 글을 남겼어요. "이 사회에서 자신을 한 개인으로 여기지 않는 무산자는 안타깝게도 문서보관소를 가지고 있지 않다."

맞아요. 잘 정리된 문서보관소는 정리된 가족의 삶을 증명하는 중요한 증인이에요.

수고를 줄이는 일곱 가지 방법

『조직화 학습 10단계 Ten Steps to a Learning Organization』라는 책을 읽었거든요. 피터 클라인 Peter Kline과 버나드 선더스 Bernard Saunders가 쓴 책인데, 제 업무와도 관련이 있지만 여자들에게도 유용한 팁이 많이 실려 있어요. 이 책에 실린 팁 중에서 저한테 아주 유용했던 몇 가지를 여러분에게도 소개할게요.

⋯ 정돈된 상태를 유지해라. 정리된 상태의 가치는 시간의 가치와 비례한다. 혼란한 상태에서는 시간이 낭비된다.

⋯ 문제가 생기면 바로 해결하라.

⋯ 기한을 지킬 수 있도록 달력을 사용하라. 기한을 잊지 않으려고 애쓰면서 받는 스트레스가 줄어든다.

⋯ 중단을 하면 시간을 도둑맞으므로 중단을 하지 마라.

··· 문서를 보관하기 전에 생각하라. 보관하는 문서의 대
부분이 거의 필요 없는 것들이다.

··· 어떤 요청이든 24시간 내에 응답하라. 사람들에게 다
시 연락해야 하는 스트레스를 주지 마라.

··· 하루를 마감할 때 몇 분 동안 다시 한번 정리하고, 앞으
로의 일을 계획하라.

제가 절대 하지 않으려고 노력하는 일이 하나 있어요. 바로 탁자나 바구니에 우편함에서 꺼낸 편지들을 쌓아 놓는 거예요. 그렇게 하기 쉽다는 것은 여러분도 인정하실 거예요. 청구서가 오면 생각 없이 탁자 위에 던져 놓잖아요. 다른 청구서가 하나 더 와도 또 똑같은 자리에 던져 놓고요. 하지만 시간은 촉박하고 돈을 내야 할 곳은 많은데 이런 식으로 청구서를 쌓아 두면 납부 기한을 못 볼 수 있어요.

병원 검사지나 은행 서류를 비롯해 여러 가지 영수증을 순서대로 보관하지 않으면, 필요할 때는 못 찾고 필요 없을 때나 되어 어느 한구석 우편물을 잔뜩 쌓아 놓은 곳에서 불쑥 나타나요. 그런 사태를 막으려고 수령한 우편물을 질서정연하게 주제별로 정리하는 법을 개발했어요. 이 방법은 컴퓨터에서도 도움이 돼요.

저는 낡았지만 각각의 색상이 달라서 알아보기도 쉽고 우편물을 정리하거나 찾을 때 편리한 보관함을 아직도 애용하고 있어요. 여러분도 해 보고 싶으시다면 알려 드릴게요.

장소를 선택하세요. 청구서와 영수증, 흩어져 있는 서류들을 찾아 헤매지 않기 위한 첫 단계는 서류를 보관할 장소를 선정하는 거예요. 먼저 서랍이나 선반, 혹은 상자 등 이제 막 도착한 우편물을 둘 곳을 정해야 해요.

보관함을 준비하세요. 일주일에 한 번씩 서류를 종류별로 분류하고, 분류된 서류들을 각각 다른 바인더에 넣으세요. 바인더마다 무슨 서류가 들어 있는지 적은 라벨을 붙여야 해요.

범주를 구분하세요. 필요한 서류를 조금 더 간편하게 찾을 수 있는 방법이 있어요. 예를 들어, 의료 관련 서류를 넣는 바인더의 내용물을 치과, 엑스레이, 정밀검사 등으로 한 번 더 세부적으로 구분하는 거예요. 그리고 각 그룹과 관련이 있는 가족의 이름을 표시해 놓으면 더 편하겠죠.

문구류를 구비하세요. 서류 바인더 옆에 접착 라벨과 봉투, 가위를 비롯해 다양한 세금 지불이나 우편물 발송에 필요한 도구들을 비치해 두세요. 달력도 꼭 준비하고, 빨간색 사인펜으로 청구서 만료 일자를 표시해 놓으세요.

청구서는 폴더 두 개를 사용하면 편리해요. 폴더 하나에는 내야 할 청구서만 넣어 두세요. 지불을 하고 나면 곧바로 '지불한 청구서' 폴더 쪽으로 옮겨 넣으시고요(납부한 청구서는 최소 7년 동안 보관해야 해요).

청구서와 같이 중요한 서류는 스캔해서 보관하세요. 스캔한 이미지는 저장하시고 적당한 외부저장장치에도 따로 넣으세요. 라벨지에 내용물을 기록해서 저장장치에 붙이세요. 이렇게 저장하면 공간도 차지하지 않아서 좋아요.

영수증은 우선 모아 놓으세요. 신용카드로 결제하고 받은 영수증이나 상점에서 받은 견적서 같은 것은 상자에 모아 놨다가 월말에 다시 한번 살펴보고 버리세요.

가끔 잔고를 복사해서 보관하세요. 요즘은 대부분의 은행이 통장 계좌에서 자동으로 돈을 인출해 가니까요.

대차계약서나 집 매매 계약서처럼 중요한 서류는 독특한 폴더에 보관하는 게 좋아요. 몇 년 후에도 필요할지 모르니 한눈에 알아볼 수 있도록 하기 위해서예요.

서류 보관함을 정리하면

살기가 더
편해져요

"분명히 여기에 뒀는데." 여러분도 여권이나 최근에 찍은 엑스레이 사진처럼 중요한 것을 찾느라 서랍과 책장 여기저기를 뒤지면서 이런 말을 수도 없이 했을 거예요. 분명히 어딘가에 둔 것 같은데 지난여름에 찍은 사진들 사이에서나 초등학교 성적표, 혹은 옛날 애인들이 준 편지 속에서 나올 때가 있을 거예요. 지불해야 할 전기세 고지서나 리모컨이 말을 듣지 않아서 꼭 봐야 하는 텔레비전 사용 설명서를 한 번에 찾고 싶으시죠? 그럼 몇 시간 정도 할애해서 여러분의 집에 마련한 문서보관소를 정리하세요. 모든 서류가 일정한 기준에 따라 질서정연하게 정리돼 있어야 해요.

서류 정리 작업을 할 때는 봉투와 폴더가 정말 큰 도움이 돼요. 그리고 정리를 해 둔 봉투나 상자에 언제나 내용물을 기록해 두세요. 그래야 어떤 것을 찾을 때 일일이 열어 보느라 시간을 낭비하지 않죠. 그냥 '집문서', '자동차 벌금' 정도의 핵심 단어만 적어 넣으면 돼요(벌금의 경우 납부 영수증을 최소 5년 동안 보관해야 해요).

수납 칸이 여러 개인 서류 바인더들은 되도록 넣고 꺼내기가 편한 장소에 다 같이 보관하세요. 예를 들면, 책장이나 수납장에 꽂아 두면 좋겠죠. 가족 문서보관소를 효율적으로 정리하려고 할 때 어떤 종류의 서류들을 함께 보관할지 알려 드릴게요.

신분증 주민등록증과 여권, 가족관계증명서, 출생증명서, 혼인관계증명서는 같은 보관함에 정리하세요.

보증서 구매 영수증부터 보증서, 사용 설명서에 이르기까지 가구와 가전제품과 관련된 것들을 함께 보관하세요.

병원 서류 엑스레이, 진단서, 처방전도 필요할 때 금방 찾을 수 있도록 한곳에 넣어 두세요.

보험   증권 서류(생명보험, 자동차보험 등)도 모두 모아 같은 바인더에 정리하세요.

잔고 증명서   은행 결산서를 보관해 두면 혹시 발생할지 모르는 분쟁을 피할 수 있어요.특히 송금을 했거나 지불어음이 있을 경우 반드시 보관하세요.

기념품   사진과 개인적인 편지, 기념품은 가족에게 중요할 수 있는 물건이니 가족 문서보관소에 보관할 서류에 속해요. 편의를 위해서 앨범이나 상자에 함께 보관하세요. 그리고 종류별로 구분해서 각각 다른 서랍에 넣어 두시고요(한 칸은 사진, 한 칸은 편지, 이런 식으로 넣으세요). 이렇게 정리하면 모두 손이 닿는 범위 내에 있게 돼요. 가끔 폴더를 뒤적여 보면서 무엇이 들어 있는지 기억해 두고, 새로운 서류도 끼워 넣고 기간이 지난 것은 꺼내어 버리세요.

가족을 관리하는 데 수첩을 활용하는 것이 얼마나 중요한지 생각해 본 적 있으세요? 제게는 이제 수첩이 필수품이 됐어요. 저는 'Week at a Glance(한눈에 보는 일주일이라고 번역할 수 있겠네요)'라는 수첩을 사용하고 있어요. 휴대할 수도 있고 탁상용으로도 쓸 수 있는 모델인데, 온라인으로도 주문 가능해요(www.ataglance.com). 저는 하늘색 속지가 마음에 들어서 샀는데, 어디서든 제 것과 비슷한 수첩을 찾을 수 있을 거예요. 펼치면 양쪽 페이지에 일주일이 나뉘어 있고, 또 매 요일마다 오전 8시부터 오후 8시까지 시간별로 할 일을 기록하는 칸이 있어요. 그래서 수첩만 보면 할 일이 한눈에 보이고, 특히 눈으로 봐야 기억을 잘 하는 사람에게 아주 편하게 되어 있어요.

　로맨틱하거나 지적인 것을 좋아하는 분들은 여행가이자 작가인 브루스 채트윈Bruce Chatwin이 사용했다는 검은색 표지의 몰스킨Moleskine 수첩을 사용해 보세요. 이 제품은 수첩이라기보다는 다이어리에 가깝지만, 자유롭고 창의적으로 계획을 세우기 좋아하는 분들에게는 맞을 것 같아요.

　종이든 전자기기든 매일 저녁 5분씩 수첩을 펼치고 생생하고 새로운 내용을 기록해 보세요. 아마 여러분도 더 활기차고 능동적이고 계획적인 사람이 된 기분이 들 거예요. 그리고 새로운 한 주도 기쁜 마음으로 시작할 수 있고, 모든 일을 할 때 적절한 시간을 할애하는 법도 터득하게 될 거예요.

시간을 절약하는 간단한 팁

바쁠 때는 수첩을 뒤져서 전화번호를 찾는 것도 일이 될 수 있어요. 정확한 순서 없이 마구잡이로 이름을 써 놓기 때문이죠. 저는 전화번호를 찾다가 성질을 버리지 않으려고 효율적인 방법을 개발했어요. 전화번호마다 색색의 사인펜으로 밑줄을 긋는 거예요. 노란색은 친구들, 초록색은 직장 동료, 빨간색은 의사, 파란색은 비상시에 필요한 번호에 사용했죠. 이 방법, 효과가 있더라고요.

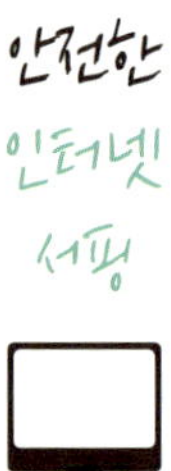

인터넷은 업무용으로도 사용하고, 공부를 할 때도, 또 정보를 찾을 때도 사용해요. 일상생활에서도 인터넷은 이제 필수품이 됐죠. 저는 인터넷 서핑을 하면서부터 생활의 리듬이 바뀌어 버렸어요. 아침에 일어나면 이메일부터 점검하고요. 저녁에도 잠들기 전에 꼭 한 번 다시 이메일을 들여다봐요. 그리고 컴퓨터를 사용하면 여러 업무(은행, 보험)를 빨리 처리할 수 있어서 외출을 하는 횟수도 줄어들었어요. 인터넷을 잘 사용하는 법을 배우기만 하면 시간을 절약할 수 있다는 것을 알았어요. 제가 어떤 것을 경험으로 터득했는지 알려 드릴게요.

적당히 '서핑'하세요. 인터넷 사용은 텔레비전을 시청하듯 하면 안 돼요. 예를 들어, 일요일 오후에 공원을 걷는 대신 이런저런 사이트들을 돌아다니면서 가상의 산책을 하는 정도로 제한해 보세요. 하지만 주의하셔야 해요! 인터넷의 최면에 걸리면 몇 시간이고 온라인 페이지를 열었다 닫았다 하면서 보내게 될 수 있어요. 결국 제대로 얻은 것은 아무것도 없이 멍한 상태로 자리에서 일어나게 되죠. 그러면 일요일 오후는 버린 거예요.

업무 서비스만 이용하세요. 항공권이나 기차표 구입, 혹은 콘서트, 공연, 여행 예약을 할 때 인터넷을 이용하세요. 은행 업무도 보고, 구하기 힘든 제품도 온라인으로 구입하시고요. 이렇게 인터넷은 무엇보다 서비스를 제공하는 도구예요. 이런 서비스를 이용하는 법을 익히고, 블로그나 SNS, 온라인 친구 맺기를 비롯해 인터넷이 우리를 유혹하려고 만든 덫에 빠져서 허우적대지 말아야 해요.

바이러스 방지 프로그램을 이용하세요. 성능 좋은 바이러스 방지 프로그램을 자주 업그레이드하는 것이 중요해요. 이런 예방 조치도 좋지만, 인터넷을 사용할 때 어떤 종류든 발신자가 누구든 출처를 알 수 없는 첨부파일은 열지 마세요. 여러분이 의도치 않은 불쾌한 사이트에 접속되어 당황할 수도 있어요.

인터넷을 너무 믿지 마세요. 은행이나 쇼핑몰 링크가 가짜라면 사기 사이트로 들어갈 수 있어요. 그러니까 신용카드나 은행 정보를 묻는 온라인 양식에는 절대 기입하지 마세요. 화면으로 보기에는 여러분의 계정이 있는 기관으로 전달되는 것 같지만, 그렇지 않은 경우도 있거든요.

자료 요청을 무시하세요. 자료를 요청하는 이유가 타당하다 해도 개인과 가족의 정보(성명, 주소, 전화번호, 자녀들의 등하교 시간, 친구에 대한 정보)는 노출하지 않는 것이 좋아요. 원래의 요청 이유와 다른 목적으로 사용될 가능성이 있어요.

'이상한' 메일은 삭제하세요. 모르는 발신자로부터 이상한 메일을 받으면 열어 보지도 말고 지우는 게 좋아요.

아이들을 감시하세요. 자녀들이 인터넷을 돌아다니면서 함정이나 사기, 부적절하고 위험한 사이트에 빠지지 않게 하려면 어떻게 해야 할까요? 인터넷 유해 사이트 접속을 제한하는 프로그램과 인터넷 사용 시간을 관리해 주는 프로그램이 있어 컴퓨터에 설치할 수 있어요.

그리고 자녀들의 인터넷 중독에 관련된 강좌도 여러 군데에서 진행되고 있으니 참여해 보는 것도 좋겠죠.

www.greeninet.or.kr에 들어가면 유해 정보 차단과 인터넷 시간 관리 프로그램을 무료로 다운 받을 수 있어요. 그리고 부모를 위한 유익한 교육 내용도 있어 참고할 수 있어요.

마지막으로 한 가지 당부할게요. 절대 아이들이 혼자서 오랫동안 인터넷에 접속하도록 내버려 두지 마세요. 생각해 보세요. 마이크로소프트 사의 창업자인 빌 게이츠Bill Gates도 아이들이 하루에 45분 이상 컴퓨터 앞에 앉아 있지 못하게 했대요.

불필요한 점심 약속

회사의 매니저급 직원들에게는 습관이 됐고, 그 덕에 식당들은 호기를 누리고 있어요. 뭐가 습관이 됐냐고요? 업무상 점심 식사요. 식당 업주들은 이런 손님들에게는 항상 제일 비싼 요리를 추천하는 게 당연하다고 생각하죠. 예를 들면, 아스파라거스, 버섯, 푸아그라, 캐비아 같은 요리요. 어쩌다 간단한 샐러드를 주문하면 종업원들이 약간 난처해하는 게 느껴져요.

솔직히 말하면, 업무상의 점심 식사는 알리바이인 경우가 많아요. 합작이나 사업 제의를 거절할 용기가 나지 않을 때나, 사실은 정말 뛰어들고 싶은 마음은 없지만 어떤 계획에 관심이 많다는 인상을 주고 싶을 때 업무상 식사 자리를 마련하는 거죠. "만나서 간단히 점심이나 합시다"라는 말을 들으면 중요한 결정은 다른 곳에서, 다음 기회로 미뤄졌다는 느낌이 확 들어요.

남자든 여자든 경영자는 이 식사 약속을 특별한 장소로 정해야 에티켓을 지키는 거예요. 식사 시간이 너무 길어도 안 되고, 되도록 세련된 레스토랑에서 만나야 하고, 식사에 참석하는 인원도 최대 다섯 명으로 제한해야 해요. 하지만 저는 이런 점심 식사 자리는 없애라고 권하고 싶어요. 일단 이런 식사 자리에 다 참석하면 살이 쪄요. 그리고 무엇보다 정말 건설적인 결과는 하나도 건지지 못하고 한나절 업무에 방해만 되기 때문이에요.

그러니 이제 점심 약속은 그만두고, 아침 식사 약속을 하던 예전으로 돌아갑시다. 오전 8시 30분에 멋진 호텔이나 우아한 카페에서 만나 아침 식사를 하면 부담도 덜하고, 다들 이른 아침의 상쾌한 기분에 긍정적인 상태라 상대방의 이야기를 더 집중해서 들을 수 있다는 장점도 있어요. 오찬 대신 늦은 오후의 회식도 괜찮아요. 해피 아워happy hour(오후 4시에서 6시 사이의 시간대)가 유행하고 있죠? 올리브를 곁들인 마티니와 함께하는 만남보다 더 좋은 건 없어요. 하루의 업무를 마치고 부담도 없는 상태라 편안하게 상대방의 제안과 계획에 대해 토론할 수 있잖아요.

　여러분, 솔직히 말해 보세요. 일을 할 때는 방해 요소가 너무 많으면 안 된다고 생각하지 않으세요? 여러분도 집중해서 열심히 하루를 보내고 되도록 빨리 자유의 몸이 되어 편안하게 여가 시간을 즐길 수 있으면 좋겠죠? 업무상 점심 식사는 제가 보기에는 쓸데없는 부담이자 편의에 굴복하는 방식일 뿐이에요. 어떤 결정을 내릴 때 더 정확하고 더욱 확고히 하려면 이 귀한 시간을 스파게티와 샐러드 앞에서 낭비하지 말아야 해요. 그것이 우리는 물론 우리가 일하는 회사에도 이익이에요.

경력에 대한 열망

다른 사람을 이기고, 최고의 자리를 차지하고, 승진하고자 하는 마음은 악마의 유혹이에요. 아주 오래된 유혹이죠. 세상이 생긴 이후부터 사회적 지위(그리고 회사에서의 지위)를 상승시키고 싶다는 욕구는 계속 존재해 왔어요. 심지어 동료를 무너뜨려 그의 자리를 차지하고 조직에서 그를 능가하려면 어떻게 '동료를 밟아야 하는지'를 가르치는 기사를 싣는 경제 주간지와 지침서도 있어요.

소박한 삶을 사랑하는 사람은 다른 것들을 더 좋아해요. 보다 다양한 분야의 경쟁에서 이미 엄청난 지배력을 얻은 사람과는 조금 다른 삶의 질을 원한다면, 경력을 쌓으려는 욕구에서 벗어나야 해요. 삶을 여러 부분으로 나누어 현미경으로 들여다본다고 상상해 보세요. 그러면 물론 일이 중요하기는 하지만 그것은 그저 삶의 일부라는 것을 깨달을 거예요. 일단 직업은 여러분 개인의 자아성취의 단계이지 여러분이 행복해지기 위해 추구해야 하는 주목적은 아니라고 생각해요.

평상시의 경쟁력에 가치를 두고, 완벽주의에 얽매여 스스로를 마비시키지 말고 해결해야 할 임무에 최선을 다하고, 초연한 자세를 갖되 언제나 활기차게 해야 할 일에 참여하면 경력에 대한 욕구에서 벗어나게 될 거예요. 초연하지만 참여는 하라는 말이 모순처럼 보일 수 있어요. 하지만 모순이 아니에요. 초연한 자세란, 열정은 조금도 없고 의무감만으로 자신의 일을 하는 일부 직장인들의 얼굴에서 엿보이는 권태나 자기 소외, 무신경과는 다른 거예요. 초연한 자세는 주위의 시선을 끌지도, 불안해하지도 않으면서 직업에 참여하는 것이고, 그 직업을 통해 스스로의 역할이 규정돼요. 그리고 초연한 자세는 애초에 복잡한 계급 따위에는 관심도 두지 않는 거예요.

간혹 자기가 가능성이 높다는 환상에 빠져서 자기 능력보다 수준 낮은 일을 하고 있다고 생각하는 사람들이 있죠? 이렇게 착각에 빠진 사람들에 대한 불쾌한 감정을 여과 없이 말하는 사람이 초연한 사람이에요. 여러분은 착각에 빠지지 마세요. 항상 온화하고 평온하고 생각이 깊은 사람이 되세요. 하루하루 나아지는 여러분의 임무를 꼼꼼하고 질서 있게 해내려고 노력하세요. 자주 미소를 짓고 스트레스를 받지 말고 아드레날린을 항상 충전하세요. 아! 깜빡했네요. 경력에 대한 욕구에서 벗어나 직업의 세계와 긍정적으로 관계를 맺는 방식이 완전히 갖춰진다면, 승진이 여러분을 기다리고 있을지도 몰라요.

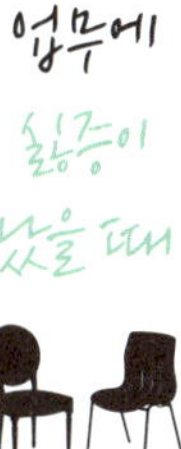

익숙한 일자리를 그만두는 게 어렵다는 것은 저도 알아요. 그래도 직장이 불만족스러우면 포기해야겠죠. 저는 정말 그렇게 생각해요. 왜냐하면 저도 예전에 제 일이 실망스럽고 일 때문에 우울했지만 정작 그만두지는 못해서 좌절해야 했던 경험이 있거든요. 하지만 일은 즐겨야 해요. 회사의 경영자든 세무서 직원이든 유치원 교사든 점원이든 모든 직업은 자아성취를 하는 데 도움이 돼요. 하지만 세상에 지위를 남용하는 히스테릭한 경영자나 유리창 너머에서 이를 갈고 있는 직원, 짜증스러운 선생님, 불친절한 점원보다 더 흉물스러운 사람은 없을 거예요. 여러분도 잘 알죠? 이런 사람들은 자신의 직업을 사랑하지 않고 다른 사람들에게 자신의 불만을 표출해요.

제가 여러분께 한 가지 하고 싶은 조언은 여러분이 하고 싶은 일을 포기하지 말고, 여러분의 선택이 가져올 결과가 두려워 물러서지 말라는 거예요. 예를 들어, 일을 그만두는 것도 두려운 일이에요. 하지만 결심을 굳혀서 그만둔다면 여러분이 상상도 못할 가능성이 열릴 수도 있어요. 자신이 수동적이면 삶이 자신을 지배하고 추락시키고 의지까지 빼앗아 버려요. 하지만 삶을 지배하는 것이 자신이 되어 모든 상황을 손아귀에 쥐고 양말 뒤집듯 뒤집어 버리면 삶이 우리를 향해 미소를 지어요.

제가 좋아하지 않는 일을 중단하는 것이 정말 어려워 보였지만 고민 끝에 벗어던졌어요. 물론 제 스스로에게 주의를 주기는 했죠. 그 자리는 나를 위한 자리가 아니라는 판단을 내렸지만, 일을 그만두기 전부터 제가 좋아하는 분야들을 둘러보기 시작했어요. 저는 이력서 대신 편지를 한 통 썼어요. 제 포부와 제가 하고 싶은 일을 솔직하게 적어서 원하는 회사의 인사부 책임자에게 곧바로 보냈죠.

여러분도 똑같은 직업을 또 선택하려는 게 아니라면, 이제까지 써 온 이력서 따위는 보낼 필요 없어요. 대부분 회사의 채용 담당자들은 거의 지원자의 결단력과 의지에 감동을 받아요. 결단력과 의지가 있으면 도전도 받아들일 수 있고, 엄두를 낼 수 없는 일에도 엄두를 낼 수 있어요. 친구 한 명은 신문사 국장에게 전화를 해서 기사 하나를 제안하고 기자 생활을 하기 시작했죠. 추천장도 없이 글을 쓰고 싶다는 지극한 열망만으로 밀어붙인 거예요. 직업을 바꾸는 것은 힘들지만 멋진 일이기도 해요. 혹시 여러분도 현재의 상황이 정말로 만족스럽지 않다면 직업을 바꿔 보세요. 그러면 피로는 줄어들고 분명히 더 행복해질 수 있어요. 대신 굳은 의지가 있어야겠죠.

사람들은 항상 소박한 삶이 우리를 더 편하게 해 준다고 하는데, 이상하게 우리는 무슨 수를 써서라도 삶을 복잡하게 만들려고 해요. 예를 들어, 직업을 갖는 것도 그래요. 만일 우리 각자가 하는 일을 사랑해서 기쁘게 한다면 문제가 많이 줄어들겠죠! 하지만 우리는 사무실에서 좌절감이나 강박관념, 열등감, 혹은 우월감을 표출해요. 아침에 전쟁터에 나가야 하는 것처럼 억지로 일어나죠. 그리고 책상과 교단, 카운터 앞에서 보내는 시간이 마치 우리의 시간이 아니고, 누군가에게 도둑맞고 있는 시간인 것처럼 느껴요. 결국 언제나 짜증을 잔뜩 내며 입을 쭉 내밀고 있죠. 그래도 하기 싫은 마음을 칼로 도려내고 계속 피곤하게 일을 해요.

그 사이 여러분의 상사는 무엇을 할까요? 지시를 하거나,

전문용어로 지겨운 회의를 '소집'하죠. 그러면 우리는 또 다 같이 탁자에 둘러앉아 지루해 하면서 오늘의 명령은 뭘까 고민해요. 잠시 후 회의가 시작되죠. 그러는 사이 전화벨이 울리고 전화를 받은 직원의 대답은 한결같아요. "회의 중이십니다." 그런데 회의를 정리하기 전에 이 한결같은 대답부터 못하게 해야 해요. 여러분의 비서와 동료에게 회의 중이라고 하지 말라고 하세요. "지금 용무 중이십니다" 내지는 "지금은 전화를 받으실 수 없습니다", 아니면 "통화 중이세요"라고 대답하라고 하세요. 절대 회의 핑계를 대는 일은 없도록 하세요. 최소한 전화 통화에서만이라도요. 세 번 혹은 네 번이나 전화를 했을지 모르는 상대방에게 똑같은 대답을 계속하는 것은 너무 무례하고 옳지 못한 응대인 것 같아요.

그리고 한 가지 더 기억하세요. 가끔은 꼭 필요한 회의를 하기도 하지만 대부분은 쓸데없거나 영양가 없는 회의예요. 중역들도 그렇게 말해요. 운영진의 72퍼센트가 회의에 사용하는 시간을 더 건설적이고 보람 있는 활동에 사용하는 편이 낫다고 생각한다네요. 여러분이 상사라면 업무상 문제는 전화나 이메일로도 해결할 수 있다고 동료들을 설득해 보세요. 요즘은 전화에 '컨퍼런스콜' 장치가 되어 있어서 여러 사람과

동시에 이야기를 할 수 있어요. 이메일은 여러분이 원하는 모든 사람들에게 발송될 수 있고요. 이렇게 신기술을 이용해 빠르고도 간편하게 의사를 전달할 수 있는데, 탁자에 둘러앉아 회의를 하는 것은 구시대 유물 같다는 생각이 드네요.

여러분도 분명 시간을 낭비했을 때 불쾌한 감정을 느껴 봤을 거예요. 빨리 처리해야 하는 수천 가지 업무가 기다리고 있는데 끝도 없이 계속되는 회의에 잡혀 있을 때가 많잖아요. 여러분의 직급이 높지 않다면 상사에게 터놓고 이야기해 보세요. 이렇게 말하면 될 거예요. 전화 통화를 하거나 휴식 시간에 식당에서 이야기를 해도 되고, 이메일로 업무 내용을 보내달라고요. 그리고 제발 우습지도 않은 사소한 일로 다들 불러 모으지는 말자고요. 대신 자신의 업무부터 완벽하게 끝내고 말하는 것 잊지 마세요.

여자라면 심플하게

2013년 12월 04일 초판 1쇄 인쇄
2013년 12월 12일 초판 1쇄 발행

지은이 | 파트리치아 구치
옮긴이 | 김현주
발행인 | 전재국

발행처 | (주)시공사
출판등록 | 1989년 5월 10일(제3-248호)

주소 | 서울시 서초구 사임당로 82(우편번호 137-879)
전화 | 편집 (02)2046-2843 | 영업 (02)2046-2894
팩스 | 편집 (02)585-1755 | 영업 (02)588-0835
홈페이지 | www.sigongsa.com

ISBN 978-89-527-7073-8 13800

본서의 내용을 무단 복제하는 것은 저작권법에 의해 금지되어 있습니다.
파본이나 잘못된 책은 구입한 서점에서 교환하여 드립니다.

2014년에 잊지 말고
챙겨야 할 것들